Martin Beer

Der Hiob ist weg!

Röschen Taschenbuch

Röschen-Verlag

Johanna-Kirchner-Straße 20, D-60488 Frankfurt/Main
Internet: www.roeschen-verlag.de
e-Mail: frankdemant59@yahoo.de

Umschlaggestaltung: Hannes Körkel
Lektorat: Thomas Schaefer
Satz: SLG Peter Ripper · peter.ripper@t-online.de
Druck: Prisma-Druck, Saarbrücken
1. Auflage

Der Hiob ist weg!

Kriminalroman

„Kunst ist eine Lüge,

die uns die Wahrheit erkennen lässt."

Theodor W. Adorno

„Kunst ist schön,

macht aber viel Arbeit."

Karl Valentin

Eins

„Du musst höher!"

„Was denn?"

„Höher. Nach oben. Und ein Stück nach links", rief ich und dirigierte Kanonen-Robert, dessen Spitzname sich aus einer angeblichen Karriere als Stuntman begründete, weiter durch das Blätterdickicht in den Wipfel der altersschwachen Kastanie.

„Und jetzt?"

„Nach links", wiederholte ich. Aus der Baumkrone begann es leise zu fluchen.

„Hast du ihn?"

Der Ex-Stuntman antwortete nicht. Stattdessen landete ein kleiner Zweig dicht neben meinen Turnschuhen. Ich kehrte ihn mit der Fußsohle zur Seite, steckte mir eine Zigarette an und hauchte einen makellosen Kringel in die morgendliche Frühlingsluft. In der Ferne zankten sich ein paar Gänse auf dem trübe schimmernden Wasser des Ostparkweihers. Um diese Zeit war noch wenig Betrieb im Ostpark. Die Trinkhalle hatte geschlossen. Lediglich ein paar Jogger drehten konzentriert ihre Runden. Arme Irre, dachte ich und richtete meinen Blick wieder auf den sich langsam verflüchtigenden Rauchkringel. Gerade noch rechtzeitig, ehe er von einem dunklen Schatten überlagert wurde. Ich drückte mich eng gegen den Baumstamm und sah tatenlos zu, wie der Ex-Stuntman, gefolgt von einem aus Besenstielen und Einkaufsnetzen selbst konstruierten Kescher, ungebremst auf dem Boden aufschlug. Für einen kurzen Augenblick war es still. Dann fauchte es in der Astgabel über mir, und ein grauer Kater landete sanft auf den Vorderpfoten neben mir, schnupperte gelangweilt an der reglosen Gestalt zu meinen Füßen und machte sich schließlich gemessenen Schreitens davon. Ich sah ihm nach, verlor ihn aber irgendwo auf Höhe der Grillanlage aus den Augen. Noch bevor ich mir eine zweite Zigarette anstecken konnte, erwachte Kanonen-Robert wieder zum Leben. Zunächst rieb er sich prüfend mit der rechten Hand über die kahle Stelle an seinem Hinterkopf, winkelte dann die Beine an und kugelte sich schließlich wie ein Igel zusammen. Offensichtlich war er in Ordnung, auch wenn sein lautstarkes Stöhnen und Gewimmer etwas grundsätzlich anderes zum Ausdruck brachten. In Ermangelung irgendwelcher medizinischer Hilfe blieb mir nicht viel anderes übrig, als ihm ein paar aufmunternde Worte zu schenken: „Das kann doch jedem mal passieren. Aller Anfang ist schwer. Wenn nicht heute, dann morgen …“ und dergleichen Unfug mehr. Die erhoffte Wirkung blieb jedoch aus. Stattdessen erntete ich einen wilden Fluch.

„Arschloch!“

„Was denn?“, murrte ich und überließ ihn wieder sich selbst – das Schlimmste, was ich ihm in seiner gegenwärtigen Lage antun konnte. Kanonen-Robert schien das ähnlich zu sehen und forderte lautstark weitere Anteilnahme und Hilfe, vor allem aber Schnaps und Zigaretten, ein. Zumindest eines dieser Bedürfnisse konnte ich für den Augenblick erfüllen. Ich reichte ihm meine angerauchte Kippe und wartete geduldig ab.

„Verfluchte Scheiße“, grummelte es erneut durch die aufsteigenden Nikotinschwaden.

„Kannst du laufen?“, fragte ich, diesmal deutlich vorsichtiger.

„Keine Ahnung“, stöhnte der angeschlagene Ex-Stuntman und setzte sich langsam auf. „Da ist bestimmt was gebrochen“, fügte er theatralisch hinzu und tastete ängstlich seine Beine und Füße ab.

„Lass mal sehen."

„Finger weg!", schrie er panisch.

„Sieht eigentlich ganz normal aus", versuchte ich ihn zu beruhigen.

„Ist es aber nicht!", kam es erzürnt zurück. „Hier ist gar nichts normal! Die Gelenke sind im Arsch! Gebrochen, verstaucht, gerissen! Was weiß denn ich. Im Arsch jedenfalls!"

Von welchen Gelenken er sprach, blieb unklar. Ich sah ihm mitleidig in die Augen. „Jetzt mal den Teufel nicht gleich an die Wand. Das waren doch höchstens ...", mit einem kurzen Schwenk versuchte ich die Höhe der Kastanie einzuschätzen, „... sieben Meter."

„EBEN!", brüllte Kanonen-Robert erneut. Für einen Schwerverletzten verfügte er noch über erstaunliche Energie. „Sieben Meter sind verdammt viel! Wann hast du das letzte Mal im Schwimmbad auf dem Fünfer gestanden, hä? Und das hier unten ist kein Wasser!"

Um ehrlich zu sein, hatte ich das noch nie. Schwimmbäder waren mir schon immer zuwider. Gab es in Frankfurt überhaupt ein Schwimmbad mit Sprungturm? Und selbst wenn, wozu sollte man da runterspringen? Bislang konnte ich Frauen immer mit anderen Dingen beeindrucken, und wer auf Zusammenballungen junger Goldkettchenträger mit Migrationshintergrund stand, konnte sich genauso gut in die S-Bahn setzen und am Offenbacher Marktplatz wieder aussteigen.

„Erst letzte Woche", log ich und klaubte mir eine frische Zigarette aus dem zerknautschten Softpack in meiner Jackentasche.

„Wo soll das denn gewesen sein?"

„Brentanobad", improvisierte ich.

„Das hat noch gar nicht offen. Außerdem gibt es da keine Sprungbretter."

„Ist ja auch egal. Wichtig ist doch nur, dass dir nichts Schlimmes passiert ist."

„Nichts Schlimmes?"

„Na, dass du laufen kannst."

„Ich kann aber nicht laufen!"

„Du hast es doch noch gar nicht probiert. Hier, versuch's mal damit als Krücke", sagte ich und deutete auf einen der geborstenen Besenstiele, an dessen Ende wir das orangefarbene Einkaufsnetz meiner betagten Nachbarin geknotet hatten.

„Vergiss es!"

„Hast du einen besseren Vorschlag?"

„Natürlich", antwortete er prompt. „Du musst mich tragen."

„Bitte?"

„Tragen", wiederholte er gereizt. „Huckepack. Das Auto steht doch gleich da oben."

„Aber das sind bestimmt ... vierhundert Meter."

„Eben, so weit kann ich unmöglich laufen. Also."

„Also was?"

„Also los", zischte er, schnickte seine Kippe mit den Fingern zur Seite und breitete die Arme erwartungsfroh aus wie ein sich die Flügel trocknender Kormoran. „Worauf wartest du?"

Es dauerte eine Weile, bis ich begriff, dass er diesen Unsinn wirklich ernst meinte.

„Hey, wo willst du hin?"

„Das Auto holen", sagte ich und machte mich kopfschüttelnd aus dem Staub.

„Du musst mich tragen. Ich kann nicht laufen", brabbelte ich, Kanonen-Robert nachäffend, genervt vor mich hin. So ein verdammter Quatsch! Dieses beschissene Praktikum war von Anfang an grandioser Unfug. Und was zur Hölle sollte das bringen? Seit Jahren saßen wir nun gemeinsam am Tresen des *Bad*

Vibes. Und jeden verdammten Abend hatte er hartnäckig an der Lebenslüge festgehalten, ein Stuntman zu sein?

„Stuntman", blaffte ich. Ein Stuntman, der zu blöd ist, sich am Boden abzurollen. „Fucking Hell!" Wie sollte ich das dem Arbeitsamt erklären? Tut mir leid, aber mein Praktikant ist an seinem ersten Arbeitstag, beim Versuch, einen vierzehnjährigen Perserkater einzufangen, von einer Kastanie gefallen. Bestimmt zog das jede Menge unangenehmen Papierkram nach sich. Am Ende sogar das Aus. So schnell konnte es gehen. Meine aus der Not geborene Detektei dem Untergang geweiht. Das kommt davon, wenn man sich im Suff breitschlagen lässt, dachte ich und verfluchte innerlich den besagten Abend im *Bad Vibes*, an dem mich Kanonen-Robert mit salbungsvollen Worten und einer Unmenge Schnaps dazu überredet hatte, diesem bescheuerten Deal zuzustimmen. Der Handschlag war mir noch in bester Erinnerung. Ebenso die Standing Ovations der versammelten Tresenmannschaft. Auch Sandy, die Wirtin des *Bad Vibes*, und, nur nebenbei bemerkt, seit zwei Jahren auch in allen anderen Bereichen meines Lebens die erste Wahl, hatte mir ein Lächeln geschenkt und später – in der Nacht – noch einiges mehr. Am Ende dieses Abends waren jedenfalls alle glücklich gewesen. Allein das hätte mich misstrauisch machen müssen, denn wo es Gewinner gibt, sind immer auch Verlierer.

Missmutig stieg ich in den Volvo, schob ein Tape der Felice Brothers in den Schlitz des Kassettenrecorders und startete den Wagen. *„I put some Whiskey into my Whiskey"*, dröhnte es aus den Boxen. Der Schwede rollte sanft über die große Wiese des Parks. Ich stimmte in den Refrain des Liedes ein, brachte den Volvo zum Stehen, stieg aus und öffnete die Ladeklappe des Kombis.

I put some Stuntman into my Volvo.

„Wo willst du denn hin?"

„Ins Krankenhaus, wohin denn sonst? Du hast dir doch was gebrochen."

Kanonen-Roberts Pupillen weiteten sich merklich. Auf seiner kahlen Stirn bildeten sich kleine Schweißperlen. „Hey, jetzt mach nicht gleich alle Pferde scheu. Ich glaub, das ist nicht nötig."

„Nicht nötig?"

„Nein, wirklich. Das wird schon wieder. Lass uns erst mal zurück ins Büro."

„In mein Büro?"

„Ja, jetzt wiederhol halt nicht alles."

„Dann hast du dir gar nichts gebrochen?"

„Ja … nein … doch … ich meine, es ist so, dass …"

„Elender Simulant!", schnauzte ich ihn an.

„Was soll das denn heißen?"

„Das soll heißen, dass du zu blöd bist, einen verdammten Kater einzufangen", brüllte ich über das Geschrammel der Felice Brothers hinweg und gab dem Volvo die Sporen.

„Ach ja?"

„Ja, ganz richtig!", bestätigte ich diesen Einwand. „Zu blöd! Einen vierzehnjährigen Kater! Mein erster Auftrag seit vier Wochen! Verkackt!"

„Wer wollte denn nicht auf den Baum klettern?"

„Wer wollte denn unbedingt ein Praktikum machen?"

„Von Wollen kann gar keine Rede sein", kam es nach einer Pause kleinlaut zurück.

„Das hat im *Bad Vibes* aber anders geklungen", sagte ich und lenkte meine Aufmerksamkeit kurzzeitig wieder auf die nur von Irren bevölkerte Kreuzung der Hanauer Landstraße. Der Verkehr stockte. Hinter mir begann es augenblicklich zu hupen. Irgendjemand nahm das zum Anlass, umgehend seinen rostigen Polo zu verlassen und gestenreich zu erklären, was er davon hielt. Ich umkurvte den vor mir zum Stehen gekommenen Kleinlaster und beobachtete im Vorbeifahren, wie der Polofahrer sich mit gezielten Schlägen das Vorfahrtsrecht von einem schmächtigen Fahrradkurier erkämpfte.

Zwei Minuten später stellte ich den Volvo in der Windeckstraße ab und wandte mich erneut an meinen angeschlagenen Praktikanten. „So, Endstation. Ich bin schon mal im Büro, bis dahin schaffst du es ja wohl alleine. Falls du in einer Stunde noch nicht da bist, ruf ich den Notarzt." Mit diesen Worten schlug ich die Fahrertür zu und verschwand im Hinterhof meines neuen Domizils. Seitdem der graue Betonklotz in der Sonnemannstraße einem moderneren Glaskasten weichen musste, hatte ich hier vorübergehend eine neue Bleibe gefunden. *Kurt Bratfisch, Privatdetektiv.* Mein Firmenschild Seite an Seite mit dem der Eheberatungsstelle *Harmonie der Seele.* Das Hinterhaus stand, von der permanenten Anwesenheit meiner sechsundachtzigjährigen Nachbarin mal abgesehen, fast immer leer. Die anderen Wohnungen wurden nur sporadisch an durchreisende Osteuropäer vermietet. In diesen Zeiten glich der rostbraune Altbau dann einem Rastplatz aufdringlich schnatternder Zugvögel, doch momentan herrschten Ruhe und Frieden. Nur ab und zu drangen verzweifelte Schreie aus dem gekippten Fenster der Eheberatung. Man brauchte wirklich keine Uhr in diesem Haus. Montags um viertel nach neun war immer Schreitherapie.

Ich ließ die Bürotür offen stehen und setzte die Kaffeemaschine in Gang. Der Anrufbeantworter blinkte. Eine Automatenstimme unternahm ihr Bestes, meinen AB von einem neuen Telefonvertrag zu überzeugen. Maschinen reden mit Maschinen. So sieht es aus, das wahre Gesicht der Einsamkeit. Kurz darauf humpelte Kanonen-Robert durch den schmalen Flur in mein Empfangszimmer.

„Für nicht laufen können geht's doch ganz gut", spottete ich und goss mir einen Becher voll Kaffee. Der Ex-Stuntman ließ sich unmittelbar auf einen Bürostuhl fallen und rollte sich über das verranzte Parkett an den Schreibtisch. „Machst du mir auch einen?"

„Aber natürlich. Milch, Zucker, Kekse?"

„Ein Schuss Cognac vielleicht."

„Das war ironisch gemeint, Idiot."

„Jetzt reg dich wieder ab", sagte er und angelte sich eine Zigarette aus dem Päckchen, das ich auf dem Schreibtisch liegen gelassen hatte. Weil ich ihm nicht beim Rauchen zuschauen wollte, steckte ich mir ebenfalls eine an und angelte zielsicher aus meinem Schreibtisch den gewünschten Cognac hervor. Zu meiner weiteren Besänftigung trank ich den kläglichen Rest direkt aus der Flasche und spülte mit einem Schluck Kaffee nach. „So, für den Moment geht's mir besser", konstatierte ich. „Und jetzt will ich wissen, wohin diese ganze Praktikumsscheiße eigentlich führen soll."

Die nachfolgende Geschichte war ebenso verworren wie unverständlich. Um ihn weiter in die Enge zu treiben, versuchte ich es mit gezielten Nachfragen. „Dann hast du also nie wirklich als Stuntman gearbeitet?"

„Doch, natürlich", befreite sich Kanonen-Robert aus dieser unangenehmen Zwickmühle. „Aber in letzter Zeit lief das eben nicht so. Wirtschaftskrise. Deswegen musste ich mich ja arbeitslos melden."

„Was heißt in letzter Zeit?"

Kanonen-Robert nahm einen tiefen Zug, bevor er antwortete. „Vier Jahre."

Ich verschluckte mich an dieser Wahrheit und erlitt einen unkontrollierten Hustenanfall. „Vier Jahre?"

„Ja, deswegen ist diese Frau doch so hartnäckig hinter mir her."

„Welche Frau?“, ächzte ich und rang verzweifelt nach Luft.
„Hartmann. Martina Hartmann. Meine Fallmanagerin von der Arbeitsagentur. Allein schon der Name: Hartmann. Erst wollte sie mich an den Schlachthof vermitteln und dann in einen Englischkurs stecken. Hab ich natürlich beides nicht gemacht. Daraufhin folgten prompt die Sanktionen. Erst hat sie dafür gesorgt, dass mir der Strom abgestellt wurde, und dann sogar meine Lebensmittelgutscheine gekürzt.“

„Deine was?“

„Lebensmittelgutscheine. Warum muss ich dir eigentlich alles zweimal sagen. Das Zeug, mit dem ich einkaufen gehe.“

„Du gehst einkaufen?“

Der Ex-Stuntman ignorierte diese Spitze und fuhr mit seinem Bericht fort. „Deswegen muss ich dieses Praktikum jetzt unbedingt durchziehen.“

„Aber du bist krank. Verletzt. Gebrochene Beine“, schwafelte ich, in der Hoffnung, an dieser Praktikumssache noch irgendetwas ändern zu können. „Geh zum Arzt, und die Sache hat sich erledigt.“

„Selbst wenn“, sagte der gescheiterte Stuntman. „In zwei Wochen geht die gleiche Scheiße doch wieder von vorne los. Du kennst diese Frau nicht. Die heißt nicht nur Hartmann, die ist auch so. *Ich mache Ihnen das Leben zur Hölle!* Das hat sie wörtlich gesagt, und langsam glaube ich ihr.“

„Aber was willst du machen? Du kannst nicht mal laufen.“

„Innendienst“, konterte Kanonen-Robert auch diesen Einwand. „Telefondienst, Aktenpflege, Buchführung. Ich hab mir da schon was für deinen Bericht überlegt.“

„Was für ein Bericht?“

„Deinen Zwischenbericht. Nach drei Monaten musst du so einen Wisch mit der genauen Beschreibung meiner Arbeitsfelder einreichen.“

„Nach drei Monaten. Wie lange geht denn dein Praktikum?"

„Das wird sehr unterschiedlich gehandhabt. Ich hab mal sechs Monate eingetragen."

„Sechs Monate! Aber das ist ein halbes Jahr."

„Sag ich doch, da bringen zwei Wochen Krankmeldung überhaupt nichts." Er zog sich eine weitere Zigarette aus dem angebrochenen Päckchen von meinem Schreibtisch und ließ sie behutsam durch seine Finger gleiten. „Hast du eigentlich keinen Fernseher im Büro?"

Nur das Klingeln des Telefons hielt mich davon ab, ihm auch noch die Arme zu brechen. „Lass gut sein, ich geh schon ran", sagte er und schnappte sich den Hörer von der Ladestation. Detektei Weissmüller und Bratfisch, wie kann ich Ihnen behilflich sein?"

Fassungslos starrte ich ihn an.

„Tja, das ist im Augenblick schwierig, warten Sie, ich schau mal im Terminkalender nach …" Dann ging ich wild um mich schlagend auf ihn los und entwand ihm den Hörer. Wie zu erwarten, gab Robert sofort auf. Nicht einmal diesen Kampf gönnte er mir.

„Hallo, hallo", rief es verstört durch die Telefonleitung.

„Ja", murrte ich und verzog mich mit meiner Beute in Richtung Fenster. Eine Taube floh erschrocken vom Fenstersims.

„Sind Sie noch dran?"

„Jetzt schon. Kurt Bratfisch, Ihren Namen habe ich leider nicht verstanden."

„Kleemann", kam es mit dünner Stimme zurück. „Heinrich Kleemann. Ich hätte da eventuell einen Auftrag für Sie."

„Um was handelt es sich denn?"

„Das würde ich Ihnen gerne persönlich erzählen."

„Schießen Sie los, ich hab Zeit."

„Ich meine, in Ihrem Büro."

„Also gut, kommen Sie vorbei."

„Jetzt gleich?"

„Sagen wir in einer Stunde." Bis dahin blieb noch genug Zeit, den Laden auf Vordermann zu bringen. Ich legte auf, atmete drei Mal tief durch und wandte mich wieder Kanonen-Robert zu, der mit der Reorganisation meines Schreibtisches eine neue Aufgabe gefunden zu haben schien. „Das bleibt alles so liegen!", befahl ich streng. „Und du gehst nie wieder ans Telefon. Verstanden?"

„Schon gut", sagte er. „Du bist der Boss."

„Was ist das überhaupt für ein Name, Weissmüller." Zum ersten Mal wurde mir bewusst, dass Kanonen-Robert auch einen Nachnamen hatte. „Wie Johnny Weissmüller, der erste Tarzan?"

„Genau der", bekannte er stolz.

„Nur damit wir uns verstehen. Das ist mein Laden. Hier heißen alle Bratfisch. Und das mit dem Fernseher kannst du vergessen."

Zwei

Exakt fünfundvierzig Minuten später betrat ein älterer Herr den Hof. Ich stand am Fenster und beobachtete, wie er sich suchend umsah. Heinrich Kleemann, vermutete ich. Sein Körperbau war ebenso dünn wie seine Stimme. Ich schätzte ihn auf Mitte sechzig, wobei er aber auch deutlich älter sein konnte. Auf jeden Fall schien er nicht mehr arbeiten zu müssen, worum ich ihn sehr beneidete. Er trug den für Rentner westlicher Wohlstandsgesellschaften so typischen khakifarbenen Einheitsdress, kombiniert mit einem senfgelben Polohemd. An seiner rechten Hand baumelte eine kackbraune Herrenhandtasche. Noch bevor er in die Verlegenheit kam, sich an den versifften Klingelknöpfen des Hinterhauses die Finger schmutzig zu machen, öffnete ich das Fenster und machte mich lautstark bemerkbar.

„Kurt Bratfisch", rief ich ihm zu. „Mein Büro ist hier oben. Warten Sie, ich drücke Ihnen auf."

Er winkte mir erleichtert zu und gab eine Reihe perlweißer Zähne frei. Die Visitenkarte aller Privatversicherten. Ich schob Kanonen-Robert samt seinem Stuhl in eine dunkle Ecke des Zimmers und rückte den Besuchersessel vor meinen Schreibtisch. Kurz darauf klopfte es höflich, und Herr Kleemann betrat das Büro. Ich korrigierte meine Altersschätzung auf fünfundsiebzig. „Kommen Sie rein", sagte ich und deutete auf den ähnlich betagten Sessel. Heinrich Kleemann nahm dankbar Platz. „Was führt Sie zu mir?", fragte ich und hoffte darauf, von vermissten Haustieren jeglicher Art verschont zu bleiben.

„Ein Bild", antwortete er prompt. „Ein verschwundenes Bild."

„Gut“, sagte ich und lehnte mich entspannt zurück. „Dann erzählen Sie mal. Ich werde sehen, was ich für Sie tun kann.“ Kanonen-Robert rollte vorsichtig aus seiner Nische ins Licht. „Das ist nur eine Schreibkraft“, erklärte ich und warf meinem Praktikanten einen Collegeblock zu. Erwartungsgemäß ließ er ihn fallen. „Er wird die wichtigen Dinge schon festhalten“, fügte ich süffisant hinzu.

„Mein Name ist Kleemann, Dr. Heinrich Kleemann. Rentner.“

So zaghaft fingen sie alle an. Ich hatte mich längst daran gewöhnt und wartete geduldig ab. Irgendwann würde er schon zum springenden Punkt kommen. Und falls nicht, konnte der Herr Doktor ja immer noch Kanonen-Roberts Frakturen begutachten. Wo er schon mal da war.

„Doktor der Kunstgeschichte“, zerstörte mein Gegenüber diese Phantasie. „In meinem früheren Berufsleben habe ich hauptsächlich in Museen gearbeitet. Zuletzt war ich als Leiter des Frankfurter Dommuseums tätig. Das war eine schöne Zeit“, referierte er und starrte verzückt in eine weit zurückliegende Vergangenheit.

Aus seinen Augenbrauen könnte man Zahnbürsten herstellen, dachte ich und versuchte, mich wieder auf das Gespräch zu konzentrieren.

„Seit neun Jahren bin ich nun im Ruhestand“, fuhr er fort und kramte in seiner Herrenhandtasche herum. „Ich habe aber nie aufgehört zu arbeiten. Die Domführungen liegen mir besonders am Herzen. Jeden Tag führe ich Besuchergruppen durch den Dom und präsentiere die einzigartigen Kunstschätze.“ Es folgte eine Aufzählung des gesamten Plunders, den der Klerus in den letzten tausendfünfhundert Jahren angehäuft hat. Aus dem Augenwinkel konnte ich beobachten, wie sich Kanonen-Robert eifrig Notizen machte.

„Sie haben da eben von einem Bild gesprochen", unterbrach ich den Bericht meines Klienten.

„Richtig, dem Schumacher. Sie kennen doch Schumacher?"

„Nein", gestand ich, da ich mir sicher war, dass es sich nicht um den Rennfahrer handelte.

„Emil Schumacher, der Maler", erklärte Dr. Kleemann und sah mir hoffnungsvoll in die Augen.

„Tut mir leid, mit Malern hatte ich noch nicht das Vergnügen", sagte ich und warf einen nachdenklichen Blick auf meine nikotingelbe Raufasertapete.

„Aber im Dom waren Sie doch bestimmt schon?"

Ich nickte unbestimmt.

„Na also, dann kennen Sie auch den Schumacher. Das große Bild an der westlichen Seite."

„Ach so, das", log ich und nickte abermals vielsagend mit dem Kopf.

„Sehen Sie", bekannte Dr. Kleemann erleichtert. „Den Schumacher kennt in Frankfurt jeder. Er ist der ganze Stolz unserer Sammlung. Der Hiob ist das einzige abstrakte Bild in einem Dom. Bundesweit. Sie können sich denken, wie bedeutsam das ist."

Langsam verlor ich den Geduldsfaden. „Was hat es denn nun auf sich mit diesem Hiob?" fragte ich.

„Das habe ich Ihnen doch gesagt. Er ist weg", ereiferte sich der bislang so zurückhaltende Kunstkenner. „Einfach verschwunden. Es ist unerklärlich. Hier, sehen Sie selbst ...", fügte er hinzu und zog mit zittrigen Fingern eine Fotografie aus seiner Herrenhandtasche, „... einfach weg."

Ich begutachtete die gestochen scharfe Aufnahme einer roten Steinmauer.

„Genau dort hat er gehangen."

Ich gab ihm das Foto zurück und wartete auf weitere Erklärungen.

„Nein, behalten Sie den Abzug. Ich habe ihn extra für Sie angefertigt."

Eine Aufnahme des Gemäldes wäre entschieden hilfreicher gewesen, aber offensichtlich ging Dr. Kleemann davon aus, dass jeder, der sich einmal in den Dom verirrt hatte, wusste, worum es ging. „Wann ist es denn verschwunden?", fragte ich.

„Vorgestern", antwortete Kleemann. „Es muss am Abend passiert sein, denn um drei habe ich noch eine Gruppe Japaner durch den Dom geführt. Nachts ist das Gebäude verschlossen, und nichts deutet auf einen Einbruch hin."

„Ist die Polizei informiert worden?"

„Natürlich. Das war das Erste, was wir getan haben."

„Und was wollen Sie dann von mir?"

„Das fragen Sie? Das Bild. Finden Sie das Bild. Es ist unersetzlich."

Langsam wurde es mir zu blöd, den Ausführungen dieses merkwürdigen Kunden weiter zu folgen. „Jetzt hören Sie mir mal zu. Ich bin Privatdetektiv. Abgesehen von meiner Schreibkraft arbeite ich alleine." Aus dem Hintergrund kam ein leises Hüsteln. „Ich kann Ihnen also wenig Hoffnung machen. Eine solche Ermittlung kann sich ewig hinziehen. Auch wenn ich keine besonders hohe Meinung von der Polizei habe, ist dieser Fall bei denen mit Sicherheit in besseren Händen. Glauben Sie mir." Zur weiteren Abschreckung zündete ich mir eine Zigarette an und füllte den Raum mit blauem Dunst.

„Aber nein", widersprach Dr. Kleemann entschieden. „Ich kann unmöglich einfach nur abwarten. Dafür stehe ich zu sehr in der Verantwortung. Wissen Sie, das Gemälde befindet sich nämlich noch immer im Besitz der Familie des Künstlers. Ich war es, der damals für die Leihgabe gebürgt hat. Es hat mich viel Überredungskunst gekostet, den Schumacher nach Frankfurt zu holen. Sein Platz ist im Dom. Dafür stehe ich bei der Familie im Wort."

Offensichtlich war er besessen von der Idee, dass ihm sein Besuch bei mir irgendwie weiterhelfen könnte. „Gut", sagte ich und probierte es über die finanzielle Schiene. „Mein Tagessatz beträgt vierhundert Euro. Zuzüglich Spesen. Und ich habe Ihnen gesagt, dass sich die Angelegenheit eine Weile hinziehen kann."

„Geld spielt keine Rolle", erwiderte er und verkündete damit die erste gute Nachricht des Tages. „Ich bin nicht arm und habe keine Erben. Der Schumacher ist im Moment das Wichtigste in meinem Leben."

„Wir nehmen Ihren Auftrag selbstverständlich an", platzte Kanonen-Robert dazwischen.

„Schnauze!", zischte ich ihn an und warf ihm das mittlerweile leere Kippenpäckchen an den Kopf. Dann wandte ich mich wieder Herrn Kleemann zu. „Tut mir leid, aber es ist heutzutage wirklich nicht leicht, geeignetes Personal zu finden. Ich werde sehen, was ich für Sie tun kann. Falls ich am Ende der Woche noch keine brauchbaren Ergebnisse habe, gebe ich den Fall wieder ab." So verlockend das Angebot auch klang, ich war einfach nicht der Typ, der einfältigen Pensionären das Geld aus der Tasche zog.

Der Kunstkenner nickte ernst. „Das ist sehr ehrenhaft von Ihnen. Ehrlichkeit ist das höchste Gut des Menschen. Ich weiß das zu schätzen."

Ich rahmte mir diesen Kommentar in Gedanken ein, erhob mich aus meinem Chefsessel und gab ihm freundschaftlich die Hand. „Meine Schreibkraft wird sich Ihre Kontaktdaten notieren. Ich melde mich bei Ihnen."

„Wenn ich Sie noch um eine Kleinigkeit bitten dürfte?"

Einen Haken hatte die Sache also doch noch. Verdrießlich

ließ ich mich zurück in den Sessel fallen und wartete geduldig ab, was mein Auftraggeber zu sagen hatte. Der unangenehme Teil kommt immer zum Schluss.

„Gehen Sie in Gottes Namen diskret vor. Niemand darf merken, dass ich Sie mit diesem Fall betraut habe. Nicht die Polizei und schon gar nicht die Mitarbeiter des Doms. Ich habe Vertrauen zu meinen Leuten. Wenn herauskäme, dass ich quasi hinter ihrem Rücken …“ Er machte eine kurze Pause und ließ den Satz unvollendet.

„Vertrauen ist gut, aber Kontrolle ist besser“, mischte sich Kanonen-Robert aus dem Off ein. „Das ist der Wahlspruch unseres Unternehmens.“

Dr. Kleemann lächelte erleichtert und überreichte ihm eine Visitenkarte. Ich schüttelte fassungslos den Kopf und schnappte mir eilig den Briefumschlag vom Schreibtisch, den mein neuer Klient dort platziert hatte, bevor ihn sich der Ex-Stuntman unter den Nagel reißen konnte. „Das ist eine kleine Anzahlung“, sagte der Kunstdoktor und blinzelte mir verschwörerisch zu. „Ich wünschen Ihnen einen erfolgreichen Tag.“

„Danke“, erwiderte ich und brachte die Kohle außer Reichweite meines insolventen Praktikanten. Einen erfolgreichen Tag konnte ich wirklich gebrauchen. Der letzte lag schon eine gefühlte Ewigkeit zurück.

Drei

„Und was machen wir jetzt?“

„Wir?“

„Ja, wie gehen wir vor?“

„Du kannst gar nicht gehen. Schon vergessen?“

„Jetzt hör auf, ständig darauf rumzureiten. Wie viel hat er denn angezahlt?“

„Das geht dich einen Scheißdreck an“, knurrte ich und trank einen letzten Schluck Kaffee. „Ich bin die nächsten zwei Stunden unterwegs. Falls das Telefon klingelt, lass es einfach klingeln. Der Anrufbeantworter wäre sonst beleidigt. Am besten bleibst du einfach da sitzen und bewegst dich so wenig wie möglich. Schon allein wegen deiner Knochenbrüche.“

„Du meinst, ich soll mich hier zu Tode langweilen.“

„Auch keine schlechte Idee“, sagte ich und warf mir die Jacke schwungvoll über die Schulter.

„Aber ich hab nicht mal Zigaretten“, kam es entsetzt zurück.

„Du hattest noch nie Zigaretten“, konterte ich und knallte die Bürotür hinter mir zu.

Auf dem Vorplatz des Doms tummelten sich Touristen und Rentner. Ein Kleinbus spuckte gerade eine frische Ladung Japaner aus, die sich, bewaffnet mit Digitalkameras, auf die nahe gelegenen römischen Ausgrabungsstätten stürzten wie ein Rudel hungriger Wölfe auf einen Batzen Fleisch. Eine Handvoll Senioren schlenderte geistesabwesend über das Kopfsteinpflaster. Direkt neben mir verjagte ein Mitsiebziger unter

Zuhilfenahme seines Regenschirms eine Zigeunerin, die ihm eine Rose verkaufen wollte.

Gelebte Nächstenliebe auf Frankfurter Art.

Weil man sich im Dom keine Zigarette anzünden kann, zündete ich eine Kerze an. Dann passierte ich die Vorhalle und betrat das Kircheninnere. Ich flanierte eine Weile ziellos umher, bis ich die abgesperrte Fläche entdeckte. Zwei kleine Metallstangen nebst einer großzügigen Menge rot-weiß gestreiften Flatterbands verhinderten den Zugang zu einem zugemauerten Torbogen. Im Zentrum des Torbogens hing ein kleines weißes Schild:

Emil Schumacher, Hiob, 1973.

Wer auch immer sich die Mühe gemacht hatte, den Schumacher zu stehlen, das Schild hatte er dagelassen. Ich trat einen Schritt zurück und begutachtete die rote Steinwand über dem Torbogen. Erst jetzt wurde mir die wahre Dimension dieses Diebstahls bewusst. Der Schumacher war nicht einfach ein Bild, das man sich ins Wohnzimmer hängen konnte wie einen Kunstkalender der Sparkasse. Zumindest kannte ich kein Wohnzimmer, das es mit den Ausmaßen des Hiob aufnehmen konnte. Ich schätzte den gräulichen Rand, den das entwendete Bild auf der roten Steinmauer hinterlassen hatte, auf drei mal zwei Meter. Zudem mussten die Diebe mit großen Leitern ausgestattet gewesen sein, denn man hatte das Kunstwerk in luftiger Höhe angebracht. Die beiden fingerdicken Aufhängungshaken ragten gute fünf Meter über mir aus der Wand. Es war mir ein Rätsel, wie solch ein Raubzug unbemerkt bleiben konnte. Zum Abtransport musste ein LKW notwendig gewesen sein, was wiederum bedeutete, dass – ich überschlug die notwendigen Handgriffe zum Entfernen des Gemäldes im Kopf – mindestens vier Leute an der Sache beteiligt gewesen sein mussten. Und das tagsüber, denn soweit ich Herrn Kleemann richtig verstanden hatte, waren keinerlei Einbruchsspuren an der Pforte der Kirche gesichert worden. Ich schüttelte ratlos den Kopf und starrte gebannt auf die kahle rote Wand, bis mich eine Stimme aus meiner Versenkung riss.

„Der Schumacher wird restauriert. In München", sagte sie und fügte eilig hinzu, dass ich mir stattdessen den van Dyck anschauen sollte. Ein überaus prachtvolles Kunstwerk, nur wenige Meter entfernt.

Ich wandte mich um und blickte in das Gesicht einer älteren Dame. Ihre grauen Haare waren streng nach hinten gekämmt und ballten sich an ihrem Hinterkopf zu einem gewaltigen Dutt zusammen. Ein schmales, unsicheres Lächeln zierte ihre dünnen Lippen. Durch die randlose Brille blinzelte mir ein Paar graugrüne Augen nervös entgegen. Diese Frau log. Das stand so klar in ihrem Gesicht wie die tägliche Schlagzeile auf der Titelseite der Bild-Zeitung. Am Revers ihres passend zu den Augen ebenso graugrünen Jacketts prangte ein Schild mit der Aufschrift „Domführung". Na bitte, dachte ich. Wenigstens ein Gespräch auf der Führungsebene.

„Ich bin extra wegen des Schumachers aus Fulda angereist." Das klang katholisch genug, um – ja, um was eigentlich ... Im Prinzip auch vollkommen egal, wichtig war nur, jetzt weiter zu bohren. „Von einer Restaurierung war in der Fachpresse gar nichts zu lesen", improvisierte ich und wartete geduldig auf eine erklärende Reaktion.

„Ja, das kam auch sehr plötzlich. Aber wo Sie schon den weiten Weg gemacht haben, gehen wir doch gleich mal rüber. Bitteschön, dort hinten. Die Beweinung Christi von Antonius van Dyck. Ein einzigartiges Kunstwerk aus dem Besitz von Franz Brentano, einem Bruder von Clemens Brentano, Bettina von Arnim und Johanna Antonie von Birkenstock, die das

Gemälde im Jahre 1852 dem Dom vermachten ...“ Sprach's und machte sich auf gleichnamigem Schuhwerk davon.

„Wann ist er denn wieder hier?“, rief ich ihr nach, doch sie hörte mich schon nicht mehr. Ich sah ihr mitleidig nach und ließ sie ziehen. Gespräche auf der Führungsebene hatten selten irgendeinen Nutzen. Ich trollte mich ebenfalls und wählte eine andere Richtung. Ein paar Meter weiter erblickte ich einen ebenso dicken wie in die Jahre gekommenen Mann, der mit Hilfe einer langen Metallzange kleine Papierfetzen vom Boden auflas. Er trug den für alle Hausmeister dieser Stadt so typischen Kittel in Gestapograu und brummte geistesabwesend vor sich hin wie ein riesiges Insekt. Schon eher meine Kragenweite, dachte ich und machte mich mit einem Hüsteln bemerkbar. Der Hausmeister ließ ein weiteres Papierchen in seinen Mülleimer fallen und wandte sich mir mit einer leichten Kopfdrehung zu. „Foschdbar!“, stellte er fest und schüttelte verächtlich den Kopf.

„Rischdisch“, stimmte ich zu und tat es ihm – die allgemeine Situation missbilligend – gleich.

„Wägglisch foschdbar“, grollte es erneut aus dem unter der Last seiner Aufgabe leidenden Mann.

Ich nickte zustimmend und durfte zur Belohnung einen Blick in den Eimer werfen. „Schauense sich dess nur an“, sagte er und streckte mir den prall gefüllten Metalleimer entgegen. Ich begutachtete seinen Fang und kommentierte das Ganze mit ein paar vagen Gesten.

„Als fott damit“, fuhr er fort und schüttelte ratlos den Kopf.

„Kommt ganz schön was zusammen“, bestätigte ich und ließ meine Hand anerkennend durch den Müll gleiten.

„Die dritte Ladung für heut“, erklärte der Graukittel und stellte den Eimer frustriert neben eine Steinsäule. „Un warum?, frach isch Sie.“

„Ja warum eigentlich?“, griff ich die Frage auf, um das Gespräch am Laufen zu halten.

„Sehense hier ach nur einen Müllamer?“

„Einen Mülleimer? Im Dom? Natürlich nicht.“

„Sehense, deshalb. Dabei wär Platz genug. Da, des Seitenschiff.“ Er hob seinen rechten Arm und schwang die Metallzange wie einen Säbel durch die Luft. „Da hinne!“, stellte er fest und wartete geduldig ab, bis ich begriff, was er meinte. „Den ganzen Plunder fottgeschafft un drei Container für Glas, Papier und Restmüll hingestellt. Blau, grün, schwatz, un die Sach wäre ein für alle mal erledischt. Awer da könnese sache, was se wolle. Windmühlen!“, fügte er bedeutungsschwer tönend, aber vollkommen sinnlos, hinzu. Dabei ließ er abermals die Metallzange dicht über meinem Kopf kreisen. „Es ist ein Kampf geschen Windmühlen.“

Ich duckte mich instinktiv, um nicht an Ort und Stelle erschlagen zu werden, und dachte angestrengt darüber nach, was ich erwidern sollte. Weil mir nichts Passendes einfiel, beließ ich es bei einem zustimmenden Nicken und zog den Flachmann aus meiner Jackentasche. Die Vorstellung einer Reihe Müllcontainer im Seitenschiff des Doms war selbst für mich, dessen einziger Gott den Namen Binding Export trug, zu viel.

„Wollen Sie auch?“, fragte ich und hielt dem Hausmeister die Flasche hin.

„Isch bin im Dienst“, kam es zögerlich zurück.

„Na, dann“, sagte ich und steckte den Flachmann wieder ein.

„Nett so eilisch“, hielt mich der Graukittel zurück und beugte sich dicht zu mir heran. „Dienst is Dienst, und Schnaps is Schnaps“, flüsterte er konspirativ. „Aber net hier. Kommense mit. Da hinne in meinem Kabuff simmer unner uns.“ Er schnappte sich den Eimer und ging voran. Ich folgte ihm unauffällig.

Das Kabuff war ein kleiner fensterloser Raum im hinteren Teil der Kirche. Links und rechts stapelten sich Putzutensilien und rostige Werkzeuge in einem billigen Metallregal bis zur Decke. An der Stirnseite hing ein verblasster Pin-up-Kalender. Das Mädchen des Monats Juli '86 war mit knielangen Stulpen, einem neongrünen Frotteestirnband und dazu passenden Schweißbändern bekleidet. Ihre pampelmusengroßen Brüste baumelten über einem straff gespannten Tennisnetz. In der Mitte der Kammer stand ein kleiner Tisch, der mit einer Bild-Zeitung und einem überquellenden Aschenbecher gedeckt war. Zwei ausrangierte Bierkästen dienten als Sitzgelegenheit.

„Hereinspaziert", sagte der Hausmeister und wies mir mit einladenden Gesten einen der beiden Logenplätze zu. Ich setzte mich und vervollständigte das Gedeck um Schnaps und Zigaretten. Mein Gastgeber bediente sich von beidem. Binnen weniger Sekunden war der Raum so vernebelt wie der Luftraum über Island nach Ausbruch des Eyjafjallajökull.

„Isch binn de Ennst", ergriff der Hausmeister erneut das Wort und nahm einen tiefen Zug aus der Flasche.

„Angenehm, Kurt", sagte ich. „Schön haben Sie`s hier."

„Kaane Fözz, abber für misch reischt's", stellte Ernst klar und wühlte suchend in der Brusttasche seines Kittels herum.

„Bei mir sieht's ähnlich aus", log ich und war erleichtert, dass es zwischen meinem Büro und dieser heruntergekommenen Kaschemme noch einen Unterschied gab.

„Was mache Sie dann so?", fragte der Hausmeister und freute sich über den Fund einer vor langer Zeit angerauchten Zigarre.

„Dies und das", antwortete ich ausweichend und sah mit Schrecken zu, wie der Graukittel seine Zigarette im Aschenbecher versenkte und durch den verkohlten Stumpen ersetzte. Nun musste es schnell gehen. Auch wenn mein Körper mit mangelnder Sauerstoffzufuhr umzugehen wusste, würde es in diesem fensterlosen Kabuff binnen weniger Minuten um Leben und Tod gehen.

„Wissen Sie, wo der Schumacher hin ist?", fragte ich deshalb so direkt wie möglich.

„Der was?"

„Der Schumacher. Das große abstrakte Gemälde."

„Des Schwazze?"

„Ja", krächzte ich und versuchte, nicht mehr einzuatmen.

„Fott", stellte der Hausmeister einsilbig fest und schnaubte weitere Rauchsalven aus den tiefschwarzen Höhlen seiner rotgeäderten Nasenflügel.

„Fort?"

„Rischtisch. Fott. Un wennse misch frachen, is des kein Verlust. Kohlrabenschwatz. Des ganze Bild. Ein einzischer Staubfänger."

„Aber war es nicht wertvoll?"

„Ach was", konterte der Hausmeister diesen Einwand. „Des malt Ihne mein Neffe im Kinnergatte ruckzuck neu. Un in bessere Farbe."

„Aber wie kann ein Bild von dieser Größe einfach verschwinden? Ich meine, das muss doch irgendjemand mitbekommen haben."

„Sinn Sie von der Versischerung?"

„Nein, sehe ich so aus? Ich arbeite bei der Lokalzeitung. Übrigens ist Ihre Idee mit den Müllcontainern wirklich gut. Darüber könnten wir mal was bringen."

„Ehrlisch?"

„Wenn ich es sage. Aber vorher muss ich noch etwas über dieses Bild schreiben."

„Na, wenn des so is."

„So ist es", bestätigte ich und rang verzweifelt nach Luft.

„Viel kann isch Ihne dazu nischt sache“, gab mein qualmendes Gegenüber zu bedenken und streifte einen gewaltigen Batzen Schlacke am Rand des Aschenbechers ab. Ich gab meinen angeschlagenen Lungenflügeln noch zwei Minuten.

„Die Türen stehen hier ja immer offe. Ein Komme un Gehe. Den ganzen Tach. Touriste, Japaner, Handwerker un Kattoligge, da hamse nett immer jeden im Blick.“

„Was für Handwerker?“

„Ei, hier wird doch ständisch renoviert. Gestrische, verbutzt un gebaut. Alles von Fremdfärmme. So ist des bei de Statt. Der Billischste bekommt den Zuschlach. Da habesse keinen Überblick drüber. Und isch kann dene dann hinnerherenne.“

„Und wem sind Sie in den letzten Tagen hinterhergerannt?“, röchelte ich.

„Isch nodier mir natürlisch die Anschrifde. Vertraue is gut, awer … Sie wisse schon …“ Er legte eine bedeutungsschwere Pause in den Satz und blickte mich vielsagend an. „Geht’s Ihne net gut?“

„Doch, doch“, widersprach ich tapfer.

„Waddese, hier hab isch den Zeddel.“

Ich riss ihm den Wisch aus der Hand und tastete mich der Ohnmacht nahe zur Tür. „Danke“, krächzte ich. „Ich melde mich bei Ihnen.“

„Sischer“, hörte ich ihn noch sagen, während ich mich durch die tödlichen Nebelschwaden ins Freie kämpfte.

Vier

Die Frankfurter Stadtluft umfing mich wie einen lange nicht mehr gesehenen Freund. Ich atmete mehrmals hintereinander tief durch und zündete mir dann eine frische Zigarette an. Als ich mir sicher war, nicht mehr im nächsten Augenblick aus den Latschen zu kippen, warf ich einen Blick auf den Zettel. Viel stand da nicht. Drei klägliche Zeilen. Und die führten geradewegs nach Offenbach.

Der Schock saß tief. Ich sah mich verzweifelt nach einer Trinkhalle um, doch hier, in der Nähe des Doms, war man auf solche Notfälle nicht vorbereitet. Einzig ein Seniorencafé lockte mit Eierlikörtorte und Diätcappuccino. Das Schicksal stand wie eine Wand zwischen mir und einem kalten Binding Export. Lustlos taperte ich die Treppe zur mit allerlei sinnlosen Sprüchen verzierten U-Bahn-Station am Römerberg hinunter. „U-BAHN FAHREN IST KEINE KUNST" stand in grellbunten Lettern auf der Betonbrüstung des Schachts. Wer auch immer für diesen Schwachsinn die Verantwortung trug, war noch nie mit dem RMV gefahren. Ich setzte mich in die U4 und ließ mich vier Stationen lang durchschütteln. Eine leere Colaflasche kullerte unbeachtet von der mit Mp3-Playern betäubten Masse durch den Mittelgang. Mir gegenüber nagte eine minderjährige Asiatin gräuliche Fleischfetzen von einem zerfledderten Stück Geflügel. Die übrigbleibenden Knochen ließ sie geschickt in der schmalen Aussparung zwischen den Sitzpolstern verschwinden. Es roch nach ranzigem Fett und billigem Parfum.

In Bornheim Mitte spuckte mich eine Rolltreppe dann wieder ans Tageslicht. Ich schlenderte die Mainkurstraße entlang und gönnte mir ein Bier. Abermals kramte ich den Zettel hervor. Ausgerechnet Offenbach, brummelte ich griesgrämig vor mich hin und machte mich zur moralischen Stärkung auf direktem Weg zu Sandy.

„Kurt?“, bemerkte sie sichtlich überrascht durch den schmalen Spalt ihrer Wohnungstür. „Was machst du denn hier?“

„Was ich hier mache? Ich bin dein Freund.“ Fehlte nur noch, dass sie hinzufügte: aber doch nicht um diese Zeit.

Sie tat es nicht. Stattdessen verschwand sie im Flur. Ich trat ein und folgte dem Klacken ihrer Stiefel in die Küche.

„Gut siehst du aus“, stellte ich fest. Sandy beugte sich tief über eine Tasche und kramte suchend darin herum. Ihr kurzer Ledermini spannte sich einladend über ihren byzantinischen Hintern. Ich schlang meine Arme um sie und begann zärtlich an ihrem Hals zu knabbern.

„Puh, du riechst wie das *Bad Vibes* um fünf Uhr morgens“, stellte sie angewidert fest und entwand sich meiner Umarmung. „Und was in drei Teufels Namen willst du hier? Ich denke, ihr sucht eine Katze.“

„Nichts“, log ich und arbeitete mich wieder zu ihrem Nacken vor. „Außerdem ist aus der Katze ein Bild geworden.“

„Was redest du da?“

„Erklär ich dir alles heute Abend.“

„Gut“, sagte sie und schob mich resolut zur Seite. „Ich hab jetzt nämlich keine Zeit. Der Getränkelieferant kommt in ein paar Minuten.“ Mit diesen Worten verschwand sie im Hausflur. „Und schließ hinter dir zu, wenn du gehst!“, fügte sie streng hinzu.

Kanonen-Robert schlief tief und fest, als ich eine halbe Stunde später mein Büro betrat. Ich schlich mich leise durch den

Raum, damit sich an diesem Zustand nichts änderte. Auf dem Schreibtisch stand ein halbvoller Pott mit kaltem Kaffee, in dem sich eine dicke Stubenfliege verzweifelt um ihren Freischwimmer bemühte. Ich schob die Tasse angewidert zur Seite und zündete mir eine Zigarette an. Ein schwerer Fehler. Es dauerte keine fünf Sekunden, bis sich mein Praktikant aus dem Sessel schälte und begierig nach einer Lulle verlangte. Widerwillig gab ich seinem Drängen nach und warf ihm meine Schachtel zu.

„Und?“, fragte er erwartungsfroh.

„Und was?“, sagte ich gereizt.

„Na, was hast du herausgefunden?“, bohrte er weiter und biss sich mit den Zähnen durch das widerspenstige Cellophan. Im selben Moment segelte ein gutes Dutzend Zigaretten aus dem Softpack zu Boden.

„Dass du zu blöd bist, dir eine Kippe zu nehmen“, stellte ich sachlich fest. „Das Päckchen war schon offen. Auf der anderen Seite.“

Der Ex-Stuntman ignorierte diese Kritik und gab sich genüsslich Feuer. „Ich bin nämlich auch weitergekommen“, sprach er stattdessen und zauberte ein provokantes Grinsen in sein Gesicht, das auch die letzten Reste meines sonnigen Gemüts mit dunklen Wolken verfinsterte.

„Schön für dich“, erwiderte ich übellaunig und bückte mich nach den heruntergefallenen Glimmstängeln.

„Ich dachte, das wäre unser Fall?“

„Bitte?“

„Schon vergessen? Ich mache ein Praktikum bei dir.“

„Wie konnte mir das nur entfallen. NATÜRLICH HABE ICH DAS NICHT VERGESSEN! Ich denke jede verdammte Sekunde daran.“

„Dann ist ja gut.“

„Hier ist gar nichts gut", fauchte ich ihn an und verstaute die aufgesammelten Zigaretten vorsichtig in meiner Hemdtasche.

„Da hinten liegt noch eine", informierte mich Kanonen-Robert und verzierte diese Bemerkung mit einem imposanten Rauchkringel.

Ich wandte mich entnervt ab und schnappte mir den Kaffeebecher vom Schreibtisch. Die dicke Fliege drehte immer noch hoffnungsvoll ihre Runden. Ich ging zur Spüle und goss die abgestandene Plörre in den Ausguss. Schwimmen konnte sie ja jetzt. Zeit für Lektion Nummer zwei: tauchen.

„Hier, schau es dir wenigstens mal an", unterbrach Kanonen-Robert meine Gedanken.

„Was?", antwortete ich einsilbig.

„Na, das", sagte er und streckte mir einen Stapel Papier entgegen. „Alles über den Hiob und Emil Schumacher." Ich starrte ihn ungläubig an. Er drückte mir das Ergebnis seiner Recherchen in die Hand und lehnte sich selbstgefällig zurück.

„Wo hast du das her?"

„Aus dem Internet."

„Du warst an meinem Computer?"

„Natürlich."

„Aber das Passwort ...", stammelte ich fassungslos.

„Da staunst du, was? Hat keine Minute gedauert."

Mein Unterkiefer klappte entgeistert nach unten.

„Du hast es mir aber auch wirklich leicht gemacht. Ich bin einfach deine Prioritätenliste durchgegangen, und schon beim dritten Versuch war ich drin." Er grinste wie ein Honigkuchenpferd und nutzte den Moment meiner Wehrlosigkeit, um sich eine weitere Kippe aus meiner Hemdtasche zu mopsen. „Jetzt guck nicht so", fuhr er fort. „Das machen neunzig Prozent aller Menschen so. Aber ich hätte wetten können, dass

Sandy vor Binding Export kommt. Solltest du besser für dich behalten."

Irgendetwas in meinem Leben musste sich grundsätzlich ändern.

Fünf

Ratatatatatatatataaaah. Der Anlasser des Schweden stotterte und spuckte kraftlos vor sich hin. Ich drehte den Zündschlüssel erneut, doch abermals röchelte der Motor nur auf und erstarb kurz darauf gänzlich. Auch ein dritter Versuch blieb erfolglos. Ich stieg aus dem Wagen und schüttelte resigniert den Kopf.

„Springt wohl nicht an", kommentierte Kanonen-Robert, dessen Halbglatze wie der aufgehende Mond aus dem Fenster meines Büros in den dunklen Hinterhof strahlte.

Ich glotzte ihn gereizt an und suchte vergeblich nach einer Erklärung.

„Aber das ist ein Volvo", rief ich ihm zu. „Volvos springen immer an."

„Ist bestimmt nur die Batterie", erklärte der Ex-Stuntman altklug. „Ich kümmer mich später drum. Lass die Schlüssel einfach stecken."

Was blieb mir anderes übrig, als sein Angebot zu akzeptieren.

Ich lief zur Ostendstraße und setzte mich in die S-Bahn. Der Zug war so gut wie leer, die Rush Hour schon seit Stunden vorbei. Natürlich, wer fährt schon freiwillig von Frankfurt nach Offenbach. Ich vertrieb mir die Zeit mit einer liegen gebliebenen Bild-Zeitung. Die Schlagzeile auf der Titelseite erklärte das ganze Durcheinander, dem ich mich ausgesetzt sah: „Chaos im Universum. Erdachse kippt." Daran lag es also. Amerikanische Wissenschaftler haben herausgefunden, dass ... Den Rest des Artikels schenkte ich mir. Amerikanische Wissenschaftler. Wenn ich das schon hörte. Amerikanische Wissenschaftler finden ständig etwas heraus. Nur wie man seinen altklugen Praktikanten wieder los wird. Das wissen selbst die nicht.

Ich glotzte aus dem Fenster und ließ die Gewächshäuser und Grünesoßenghettos Oberrads so unbeteiligt an mir vorbeiziehen wie eine Dokumentation auf Arte. Kurz vor dem Kaiserleikreisel verschwand die S-Bahn dann wieder in einem gnädigen Tunnel. An dieser Stelle hatten die Städteplaner wirklich mitgedacht, denn eine sensible Seele konnte beim Anblick Offenbachs durchaus zerbrechen. Vier Stationen später wagte sich dann auch die S-Bahn nicht mehr weiter. Offenbach Ost.

Das Ende der Zivilisation.

Ich zog die Tür auf und stapfte missmutig die Treppe zur Bushaltestelle hinunter. Eine digitale Anzeige wies die Fahrgäste darauf hin, dass die Abfahrtszeiten der Busse den aushängenden Fahrplänen zu entnehmen seien. So sah er aus, der Fortschritt im öffentlichen Nahverkehr. Ganz sinnlos war die Anzeigetafel aber dennoch nicht. Zwei Tauben hatten auf ihr eine neue Heimat gefunden und sich unter Verwendung von Tempotaschentüchern und ausgetretenen Kippen häuslich eingerichtet. In den meisten umliegenden Wohnungen sah es mit Sicherheit nicht anders aus.

Die Glasscheibe des Fahrplans war über und über mit Edding beschmiert. Hurensohn, Fuck Eintracht, Muslim Power, Hakenkreuze und Tokio Hotel. Der Intelligenz waren hier klare Grenzen gesetzt. Die Uhr an der Haltestelle war schon vor Jahren stehen geblieben. Ich versüßte mir die Wartezeit mit einer Kippe und den Ausdünstungen einer nahe gelegenen Fabrik. Dann kam endlich ein Bus. *Steigt ein, wenn ihr Kickers seid*, stand in großen Lettern auf der Seite des

Omnibusses. Ich nahm die Werbeaufschrift ernst und ging zu Fuß.

Zwei Zigarettenlängen später betrat ich die Einfahrt der Firma Internationale Messe- und Gerüstbau. Gelbe Schrift auf braunem Rost. Ein Verkehrsschild mahnte zur Schrittgeschwindigkeit. Hier gilt die StVO, war darunter zu lesen. Und der Papst ist evangelisch, fügte ich in Gedanken hinzu. Ich schnickte meine Kippe in einen Gulli und durchquerte den Torbogen. Das Unternehmen residierte eingequetscht zwischen der Deutschen Gesellschaft für Schädlingsbekämpfung und einem Gebrauchtwagenhändler in einem düsteren Hinterhof. Ich pochte gegen eine graue Stahltür und rief, weil keine Reaktion erfolgte, ein beherztes „Kundschaft" hinterher.

Vergebens.

Warum sollte an diesem Tag auch irgendetwas auf Anhieb klappen. Eine Weile blieb ich einfach stehen und starrte die verschlossene Tür an. Auch die Laderampe war verwaist. Hinter einem Stapel Paletten stand eine leere Bierkiste, die man als Trittleiter benutzen konnte, um einen Blick durch das milchige Glas der Lagerhalle zu werfen, doch die Fensterscheiben waren großflächig mit einer öligen Patina überzogen und von daher so undurchschaubar wie der ganze Fall. Ich zündete mir eine weitere Zigarette an und beschloss zu warten, auch wenn ich nicht die leiseste Ahnung hatte, worauf. Gut eine halbe Stunde später sollte ich es endlich erfahren.

Der dicke Mann, der dem klapprigen VW-Bus entstieg, sah in etwa so vertrauenswürdig aus wie sein fahrbarer Untersatz. Bei beiden schien der TÜV schon seit Jahren abgelaufen zu sein, nur hatte bislang noch niemand den Mut aufgebracht, ihnen das auch persönlich mitzuteilen. Ich löste mich aus dem Schatten der Laderampe und machte mich hüstelnd bemerkbar. Der bullige Fahrer kratzte sich beiläufig an den Genitalien und baute sich breitbeinig vor mir auf. „Was willst du?“, blaffte er mich an. Das war keine schlechte Frage, leider hatte ich mir über die dazugehörige Antwort noch keinerlei Gedanken gemacht. Weil mir nichts Besseres einfiel, versuchte ich es zunächst mit einem ratlosen Schulterzucken. „Was du wolle?“, setzte der Koloss ungerührt nach. Offenbar unterlag er dem weit verbreiteten Irrtum, sich mittels grammatikalischer Verzerrung verständlicher auszudrücken. Abermals reagierte ich nur rein physisch und kramte aus Mangel an Ideen den Zettel mit der Anschrift seiner Firma aus der Jeans, als würde das irgendetwas erklären. Der Hausherr entfaltete das Papier und begann zu lesen.

„Suchst du Arbeit?“, fragte er schließlich und ließ den Zettel in den Tiefen seines Blaumanns verschwinden.

„Ja“, antwortete ich, aus der sicheren Erfahrung, dass Zuspruch die Menschen milde stimmt.

„Woher kommst du?“, hakte der bullige Typ inquisitorisch nach.

„Norwegen“, nuschelte ich, um das Vorstellungsgespräch endlich zu einem erfolgreichen Abschluss zu bringen. Als Deutscher, da war ich mir sicher, hatte ich in diesen Gefilden nicht den leisesten Hauch einer Chance.

„Nor... was?“

„Norwegen. Aus dem Norden“, präzisierte ich und wies mit dem Zeigefinger in den grauen Himmel.

„Norden?“

„Ja“, sagte ich und ließ den Finger wieder sinken.

Mein potentieller Arbeitgeber sah mir fragend in die Augen. „Ich meine, von wo du den Zettel hast?“

„Den Zettel“, wiederholte ich, um Zeit zu gewinnen. Zeit, die ich nicht hatte, wie mir mein ungeduldiges Gegenüber mit strenger Miene vermittelte.

„Freund", sagte ich. „Zettel ist von Freund."

„Was für ein Freund?"

„Freund von Freund", verschleierte ich diese Aussage und zuckte abermals unwissend die Schultern.

Der Blick meines zukünftigen Vorgesetzten glitt abschätzig an mir herab. „Du siehst nicht aus wie jemand, der was arbeiten kann."

„Doch, doch ...", widersprach ich eifrig. Was sollte ich auch tun. Das Schwerste, was ich in den letzten Jahren gehoben hatte, war ein Maßkrug, als Sandy vor zwei Jahren auf die irrsinnige Idee gekommen war, einen bayerischen Abend im *Bad Vibes* zu veranstalten. Dennoch schien mein Gegenüber sich mit dieser Zweiwortargumentation zufrieden zu geben.

„Gut, dann komm morgen um sieben."

„Wann?", fragte ich entsetzt.

„Morgen früh! Sieben. Wenn ich sieben sage, meine ich sieben."

Was zur Hölle hatte ich getan, dass man mich auf solche Weise bestrafte?

„Sieben ist prima", log ich und lächelte dabei in etwa so glaubwürdig wie Volker Bouffier bei der Eröffnung eines Asylantenheims.

Die Trinkhalle am Offenbacher Ostbahnhof war eine exakte Kopie des Flusspferdhauses im Frankfurter Zoo. Auch die anwesenden Gäste gaben sich redliche Mühe, diesem Vergleich gerecht zu werden. Es stank bestialisch, und – wie ein beiläufiger Blick in die offenstehenden Münder der Kundschaft offenbarte – man hatte auch in puncto Zahnpflege offensichtlich das Flusspferd zum Vorbild erkoren. Meine Frage nach einem Päckchen Gauloises wurde mit einem übellaunigen Grunzen gekontert. Ich deutete genervt auf das Zigarettenregal und erhielt daraufhin eine Schachtel HB. Befremdet betrachtete ich das Päckchen, ließ es auf dem Tresen liegen und ging. Die S-Bahn katapultierte mich binnen einer Viertelstunde aus diesem Alptraum zurück in die Zivilisation.

Frankfurt und Offenbach. Nur einen Steinwurf voneinander entfernt. Für Mietwohnungen zahlt man in Offenbach in etwa die Hälfte.

Und jetzt raten Sie mal, warum.

Sechs

Der Volvo war verschwunden. Auch von Kanonen-Robert fehlte jede Spur. Natürlich hatte er keine Nachricht hinterlassen. Warum auch. Ich dachte kurz darüber nach, die Schlösser auszutauschen oder nach Kanada auszuwandern, verwarf diese Idee aber schnell wieder. So einfach ließen sich meine Probleme nicht lösen.

Stattdessen begab ich mich an den Schreibtisch und legte die Füße hoch. Eine Weile saß ich einfach nur da und genoss die Ruhe, bis sich ein Stockwerk über mir wieder ein Pärchen an der Urschreitherapie probierte. Ich schloss das Fenster und ließ mich wieder in meinen Chefsessel fallen. Aus Langeweile fuhr ich den Rechner hoch und kurz darauf entsetzt aus der Haut. Falsches Passwort. Bitte geben Sie das richtige Passwort ein und versuchen Sie es erneut. Voller Panik wiederholte ich den Vorgang und hämmerte die magischen zwei Worte in die Tastatur.

Zugriff verweigert.

„Kanonen-Robert!", schoss es mir durch den Kopf. Dieser Idiot hatte mein Passwort geändert. Zähneknirschend schaltete ich den Rechner wieder aus und griff reflexartig nach der Notflasche Chantré unter meinem Schreibtisch.

Leer.

Zugriff verweigert.

Wütend schrie ich wilde Flüche durch den Raum und zählte laut bis zehn. Ich kam bis sieben, dann kehrte das Echo aus dem dritten Stock zurück.

Am frühen Abend betrat ich das *Bad Vibes.* Der Tresen wurde von den üblichen Stammtrinkern umlagert. Im hinteren Bereich tummelten sich ein paar verirrte Studenten, sonst war der Laden auf angenehme Weise unausgefüllt. Ich begrüßte Sandy mit einer vertraulichen Geste und bekam als Lohn dafür ein frisches Pils. Jürgen, ein Stammgast, der wie gewohnt seine Zebrafelljacke trug, zog einen Barhocker herbei und klopfte einladend auf dessen Sitzfläche. Ich pflanzte mich neben ihn und platzierte meine Kippen auf dem Tresen.

„War Robert schon hier?“, fragte ich beiläufig und steckte mir eine an.

„Arbeitet der nicht bei dir?“, bohrte Jürgen den Finger tief in die offene Wunde.

„Ja“, sagte ich. „Was Robert halt so arbeiten nennt. Aber darum geht es jetzt nicht. Was ich wissen will ist, ob er heute schon hier war.“

„Klar, vorhin. Ist aber gleich wieder weg.“

„Wie, weg?“

„Na weg. Raus. Gegangen.“

„Er kann wieder gehen?“

„Natürlich, warum denn nicht?“

„Wohin?“

„Was weiß denn ich. Fort. Einen Auftrag erledigen.“

„Was für einen Auftrag?“

„Woher soll ich das wissen. Ihr arbeitet doch zusammen.“

„HIER ARBEITET KEINER ZUSAMMEN!“, fuhr ich aus der Haut und rief damit Sandy auf den Plan.

„Könnt ihr eure Kindereien bitte woanders austragen! Das ist meine Kneipe. Hier schreit niemand außer mir!“

„Ist ja schon gut“, beschwichtigte ich und orderte zur allgemeinen Beruhigung eine Runde Schnaps. Leider gab sich nur Jürgen mit dieser Art von Entschuldigung zufrieden.

„Was ist los mit dir, Kurt?“, hakte Sandy zu meinem Missfallen nach. „In letzter Zeit gehst du mir gehörig auf die Nerven.“

„Ich? Dir?“

„Ja, du! Was wolltest du vorhin eigentlich bei mir? Einen schnellen Quickie im Flur? Aber so läuft das nicht! Früher hast du wenigstens vorher angerufen“, maulte sie mich an und kippte sich den von mir bestellten Schnaps selbst hinter die Binde. „Auf dich“, fügte sie in bissigem Tonfall hinzu und vermerkte zwei weitere Striche auf meinem Deckel.

„Prost“, sagte Jürgen und schnappte sich in Ermangelung des schon sicher geglaubten Schnapses mein Bier. Als er das Glas wieder abstellte, war es leer. Ich legte zehn Euro auf den Tresen und ging.

Draußen regnete es. An einem Laternenpfahl auf der gegenüberliegenden Straßenseite lehnte Jürgens Fahrrad. Es war leicht zu erkennen. Passend zu seiner Zebrafelljacke, die er wie eine zweite Haut quasi ganzjährig trug, hatte er das weiße Hollandrad mit schwarzem Klebeband umwickelt. Zwei Satteltaschen aus abgewetztem Khakistoff komplettierten das betagte Gefährt. Ich brauchte keine Minute, um das rostige Zahlenschloss zu knacken. 007 oder 666. Eine der beiden Kombinationen passt immer. Vielleicht war das der Grund, warum sich Zahlenschlösser nie wirklich durchsetzen konnten. Ein bedauerlicher Mangel an Kreativität.

Richtige Nummer zur falschen Zeit. Das ist die Mailbox von Robert Weissmüller. Ich bin im Moment leider nicht erreichbar. Gute Nachrichten nach dem … „Verdammter Arsch! Wo ist mein Auto“, fluchte ich und öffnete ein Fenster. Die ersten Sonnenstrahlen des neu anbrechenden Tages bahnten sich ihren Weg in den verwaisten Hinterhof. Ein Amselpärchen spielte verbissen Tauziehen mit einem bedauernswerten Regenwurm. Jürgens Fahrrad lehnte immer noch unangetastet an einem Laternenpfahl. Auch Fahrraddiebe haben mittlerweile Ansprüche. Von öffentlichen Verkehrsmitteln hatte ich einstweilen genug. Widerwillig betrachtete ich den Drahtesel. Bis nach Offenbach würde das klapprige Teil schon halten. Die Frage war nur, ob das auch auf mich zutraf.

Ich quälte mich eine halbe Stunde den Main entlang, ehe ich mich über Feldwege bis zur Mühlheimer Straße durchschlug. Zu meiner Überraschung schaffte ich es tatsächlich, um zehn nach sieben da zu sein. In der großen Halle des zwielichtigen Betriebes herrschte bereits geschäftiges Treiben. Mein neuer Chef grüßte mich mit einer Sequenz sorgsam ausgewählter Flüche und einem mahnenden Hinweis auf die Uhrzeit. Dann warf er mir einen öligen Blaumann zu und beorderte mich zu einer Gruppe Männer, die im hinteren Teil der Halle sperrige Holzteile in einen rostigen LKW wuchteten.

„Pack mit an!“, grunzte er und schnaubte dabei kleine Rauchwolken aus seinen Nüstern, ohne jedoch vorher geraucht zu haben. Ich nickte ihm wortlos zu und zog mir den schmierigen Overall über. Schnürsenkel und Gürtel durfte ich behalten. Ansonsten waren die Unterschiede zu einem Straflager gering.

„Morgen“, sagte ich, als ich die Gruppe meiner neuen Kollegen erreicht hatte und hob dabei zögerlich eine Hand zum Gruß. Niemand reagierte darauf. Einer der Männer nickte nur stumm mit dem Kopf und zwang mir einen Stapel Holzlatten auf, unter deren Gewicht ich fast das Gleichgewicht verlor. Dann ging es an die Verladung sperriger Spanplatten. Aus einem nicht zu ortenden Transistorradio dröhnte „Santa Maria“ von Roland Kaiser über unsere Köpfe hinweg. In Guantánamo bediente man sich ähnlicher Methoden.

„Vier Mann, vier Ecken", diktierte der Chef aus dem Hintergrund, in der sicheren Gewissheit, dabei der fünfte im Bunde zu sein. Keine halbe Stunde später war ich nass bis auf die Knochen. Meine Oberarme brannten wie Feuer. Offensichtlich war ich der Einzige mit diesem Problem, denn keinen der anderen Männer schien das Beladen des LKWs sonderlich anzustrengen. Alle gingen in stoischer Ruhe ihrer Beschäftigung nach. Sollte ich je wieder umziehen, wusste ich jetzt, an wen ich mich zu wenden hätte. Als sich unter meinen Füßen eine kleine Pfütze bildete, reichte mir einer meiner Kollegen eine Flasche Wasser aus dem Führerhaus. „Viel schwitze, viel trinke", sagte er und erklärte diese Weisheit mit einem Hinweis auf seine Herkunft: „In Heimat viel heiß. Viel schwitze in Heimat. Viel trinke is gut."

„Danke", ächzte ich und kippte die Literflasche in wenigen Zügen ab. Damit war die Konversation beendet, denn der Chef deutete mit strengen Blicken an, dass wir fürs Quatschen nicht bezahlt wurden. Nach einer weiteren Stunde war der Siebeneinhalbtonner endlich voll bis unter die Dachluke. Uns wurde eine halbe Stunde Pause zugesprochen, die ein Großteil der Belegschaft dazu nutzte, einen nahe gelegenen Grillimbiss aufzusuchen. Ich schloss mich der Gruppe an, in der Hoffnung, ein wenig ins Plaudern zu kommen. Drei Rindswürste wechselten den Besitzer. Meine Bratwurst wurde mit skeptischen Blicken bedacht.

„Woher du kommst?", fragte mich der nette Kerl, dem ich das Wasser zu verdanken hatte.

„Norwegen", wiederholte ich die Lüge vom Vortag und erntete dafür die erwartet ratlosen Blicke. „Viel Schnee", fügte ich hinzu und stellte mich damit ungewollt noch weiter ins Abseits. Jedenfalls ermunterte das keinen zu einer weiteren Bemerkung. Stattdessen wurde konzentriert gegessen und geschwiegen. Wenn ich hier irgendwas herausfinden wollte, musste ich geduldig abwarten. Die richtigen Fragen zum richtigen Zeitpunkt stellen.

Die Pause verflog trotz ihrer Eintönigkeit wie im Flug. Als wir in die Lagerhalle zurückkehrten, war von dem vollbepackten LKW nichts mehr zu sehen. An seiner Stelle stand jetzt ein offener Pritschenwagen, dessen breite Ladefläche begierig auf neue Fracht wartete. Diesmal handelte es sich um Säcke. Der Inhalt blieb mir ein Rätsel. Einfacher Leinenstoff, mit kyrillischen Buchstaben bedruckt. Einzig die Gewichtsangabe ließ sich entschlüsseln. 25 Kilo. Auch wenn ich nicht die Bohne daran glaubte, dass es in diesem Betrieb mit rechten Dingen zuging: Drogenhandel konnte man wohl ausschließen.

Die Verladung der Säcke gab mir den Rest. Die Südländer schüttelten unisono die Köpfe, als ich vornübergebeugt wie ein Orang Utan die Arme hängen ließ. Ischias, Hexenschuss oder Bandscheibe. Was auch immer. Nichts ging mehr, oder, wie Giovanni Trappatoni es einst so treffend formuliert hat: Ich hatte fertig. Mein Körper war auf Sitzen eingestellt. Seit 38 Jahren. Volvo, Tresen, Büro. Mit diesen Orten kam er zurecht. Hier zeigten sich nun deutlich die Grenzen. Sherpa Bratfisch am Rande der Todeszone. Ich murmelte ein paar entschuldigende Worte und stahl mich, unter dem Vorwand auf die Toilette zu müssen, davon. Aus dem unsichtbaren Radio tönte ein Schlager von Mary Roos. *Aufrecht gehen, aufrecht gehen, ich hab endlich gelernt wenn ich fall aufzustehen. Mit Stolz in meinen Augen und trotz Tränen im Gesicht – aufrecht gehen durch die Nacht ins Licht.*

Welch beißende Ironie. Mit Tränen in den Augen zwang ich mich zurück in die Senkrechte und folgte – allen Schmerzen zum Trotz – dem Schein der Neonröhren in den hinteren Teil der Lagerhalle. Niemand beachtete mich. Endlich eine

Gelegenheit, mich unauffällig umzusehen. Die Halle war gut fünfzig Meter lang und in etwa so aufgeräumt wie meine Gedanken. Auch wenn der Hiob nicht gerade klein war, in diesem Wirrwarr aus Bauschutt und Pressspan wirkte alles mehr oder minder abstrakt. Das ideale Versteck für moderne Kunst. An der Stirnseite, direkt neben den Zugängen zu den Büroräumen, entdeckte ich einen Stapel Spanplatten. Das sah vielversprechend aus. Ich kippte die vorderste Platte zu mir und sicherte sie notdürftig mit dem Knie ab. Ein fataler Fehler. Die Platte hatte einen massiven Stahlkern und war – einmal in Bewegung gesetzt – nicht mehr aufzuhalten. Im letzten Moment zog ich mein Knie zurück, bevor das sperrige Ungetüm mit infernalischem Getöse auf den Betonboden krachte.

Unauffällig umsehen.

Keine wirkliche Stärke von mir.

Sieben

Der menschliche Körper ist eine echte Wundertüte. Eben noch lädiert, von den Anstrengungen körperlichen Schaffens bis zur Selbstaufgabe kasteit, leistete er jetzt – nur einen Wimpernschlag später – schon wieder wahre Höchstleistungen. Hundert Meter in gefühlten elf Sekunden. Alles steht und fällt mit der Motivation. Dann war ich draußen. Mein Ex-Chef brüllte sich die Seele aus dem Leib, doch weder seine Flüche noch die hinterhergeworfenen Kleinteile konnten mich ernsthaft verletzen. Erleichtert atmete ich durch. Das Resümee war trotzdem vernichtend.

Drei Stunden Knochenarbeit.

Für nichts.

Alles was mir blieb, war ein ölverschmierter Blaumann und die Erkenntnis, es wieder einmal gründlich vermasselt zu haben. Übellaunig trat ich in die Pedale. Es sollte gut eine halbe Stunde dauern, bis sich meine Laune zumindest kurzzeitig verbesserte. Da stand er. Bordeauxrot, kastenförmig und über alle Maßen schön.

Mein Volvo.

Ich lehnte das Fahrrad gegen eine Hauswand und klopfte dem Schweden freundschaftlich aufs Dach.

Die Stoßstange fiel scheppernd zu Boden.

„Was hast du gemacht?", donnerte ich los und schüttelte Kanonen-Robert, der sich wie ein sabbernder Labrador auf der Besuchercouch zusammengerollt hatte, aus seinen süßen Träumen.

„Wwas, wwie?“

„Wach auf, du Idiot! Ich will wissen, was du mit meinem Auto gemacht hast!“

„Auto? Gemacht? Ich?“

„Ja, du! Wer denn sonst? Und jetzt hör auf, dumme Fragen zu stellen. Die Fragen stelle ich, verstanden! Also, was ist passiert?“

„Die Batterie“, stammelte der Ex-Stuntman. „Die Batterie war doch leer.“

„Das weiß ich. Was ich hingegen nicht weiß, ist, gegen welche Wand du die Karre gebrettert hast. Und jetzt fang endlich an zu reden, sonst passiert mit deinem Gesicht dasselbe wie dem Volvo.“

„Hey, lass mich los. Ich sag dir ja alles.“ Widerwillig ließ ich die Hände sinken und steckte mir zur Beruhigung eine Gauloises zwischen die Lippen. Kanonen-Robert schälte sich aus der Couch und begann eingeschüchtert zu berichten.

„Also, das mit der Batterie hatten wir ja schon. Ich hatte dir ja versprochen, mich um den Wagen zu kümmern. Deswegen war ich kurz drüben. Deine Nachbarin hat mir Starthilfe gegeben.“

„Frau Hilmers? Du hast dir von Frau Hilmers Starthilfe geben lassen? Die Dame ist 86! Und fährt einen Smart!“

„Ja, warum nicht?“

Ich versuchte, mir das Ganze bildlich vorzustellen und begann, innerlich leise zu weinen.

„Gut, das ist zwar ästhetisch abstoßend, aber davon ist noch keine Stoßstange abgefallen. Wie geht die Geschichte weiter?“

„Na, dann bin ich losgefahren. Braucht ja ’ne Weile, bis sich so ’ne Batterie wieder auflädt.“

„Und wohin die Reise ging, wirst du mir mit Sicherheit

auch sagen können", hakte ich mit der gebotenen Strenge nach.

„Klar", sagte Kanonen-Robert und rieb sich mit der Hand über die kahlen Stellen seines Schädels. „Also, erst bin ich ins *Bad Vibes.* Aber nur ganz kurz. Den Motor hab ich natürlich laufen lassen. Ich soll dir übrigens von Sandy ausrichten, dass ..."

„Verdammt! Jetzt red endlich Klartext. Wo warst du? Sandy hat mir bereits alles ausgerichtet. Mehr als ich je wissen wollte."

„Im Taunus."

„Im Taunus?"

„Sag ich doch. Zwei Stunden muss die Karre schon laufen. Minimum. Sonst wäre die Batterie doch gleich wieder im Arsch gewesen. Da bin ich halt ein bisschen rumgekurvt."

„Im Taunus."

„Genau. Und dann ist es passiert. Glaub mir, ich hatte nicht die geringste Chance zu reagieren."

„Zu reagieren! Auf was?"

„Jetzt unterbrich halt nicht immer. Ich erzähl dir doch alles. Die Straße war wirklich kurvig. Ganz schlechte Sicht. Nieselregen. Bodennebel. Dein Spritzwasser ist übrigens alle. Außerdem war es fast dunkel. Du kannst froh sein, dass ein Fachmann am Steuer saß. Ein normaler Fahrer hätte das nie und nimmer überlebt. Ich bin natürlich sofort auf die Bremse. Gegenlenken, Motorbremse, Handbremse dazu und den Wagen quergestellt. Astreiner Stunt. Nur für die Sau kam jede Hilfe zu spät."

„Sau? Was für eine Sau?"

„Hörst du mir eigentlich zu? Das Wildschwein. Ist mir direkt vors Auto gelaufen."

„Und dann?"

„Hab ich mich aus dem Staub gemacht. Was sollte ich denn sonst tun?"

„Die Bullen rufen und den Schaden der Versicherung melden!", blaffte ich ihn an. „Wildunfall! Für so etwas zahlen die doch Geld. Bares Geld!", ereiferte ich mich weiter. „Geld, das alljährlich von meinem Konto abgebucht wird, wobei ich hoffe, irgendwann mal etwas davon wiederzusehen."

„Ich glaube, das wäre keine so gute Idee gewesen. Ich war doch vorher noch kurz im *Bad Vibes*. Ein, zwei Schnäpse. Höchstens. Du weißt doch, wie streng die Regelungen jetzt sind. Außerdem finden Versicherungen doch immer einen Weg, aus der Nummer rauszukommen. Kennt man doch alles aus dem Fernsehen."

„Ist mir scheißegal, was du aus dem Fernsehen kennst. Das ist mein Auto! Mein Geld und meine Entscheidung!"

„Ist doch eh schon alles gelaufen. Und im Prinzip ist ja auch gar nichts passiert."

„Nichts passiert! Die Stoßstange fällt ab, wenn man sie nur ansieht. Die Scheinwerfer sind im Arsch, und die Motorhaube ist verzogen. Das verstehst du unter nichts passiert?"

„Ich kenn da jemand, der dir die Karre in nullkommanix wieder flott macht."

„Und ich kenn jemand, der jetzt seine Sachen packt und zum nächsten Polizeirevier fährt!"

„Jetzt?"

„JA! JETZT! SOFORT!"

„Aber was soll ich denen denn sagen?"

„Such dir was aus. Den Alkohol hast du ja inzwischen verdaut."

„Naja ..."

„Naja was?"

„Immerhin hab ich die ganze Nacht auf einem finsteren

Forstweg verbracht. Das war schweinekalt, und als ich heut morgen wieder hier war, hab ich quasi zur Beruhigung einen kleinen Schluck ..."

Die Ohrfeige traf ihn hart und unvorbereitet.

„Hey, lass das!"

Mein Puls kam langsam wieder zur Ruhe.

„Geht's dir jetzt besser?"

„Ja", antwortete ich wahrheitsgemäß und entledigte mich des ölverschmierten Blaumanns. „Und ich hab auch schon eine Idee, wie du das alles wiedergutmachen kannst. In Offenbach gibt es eine Baufirma. Die haben kürzlich im Dom gearbeitet. Schau dich da mal unauffällig um. Morgen früh um sieben fängst du an. Hier ...", sagte ich und warf ihm den stinkenden Overall zu. „Den wirst du brauchen. Adresse und Telefonnummer sind aufgenäht. Sieh zu, dass du was rausbekommst. Wenn nicht, gebe ich den Fall wieder ab. Und ohne Fall kein Praktikum. Der Kater ist dir ja weggelaufen. Bis dahin hast du frei."

Der Ex-Stuntman glotzte mich aus großen Augen an.

„Frei", wiederholte ich streng. „Frei bedeutet: außerhalb des Büros."

„Aber ich ..."

„Keine Widerrede", beendete ich das Gespräch und schob den übermüdeten Bruchpiloten entschlossen in Richtung Tür. „Schlaf dich irgendwo aus und komm zu Kräften. Du wirst sie brauchen. Ach, beinahe hätte ich es vergessen. Mein Passwort?"

„Dein Passwort?"

Ich deutete mit dem Zeigefinger auf den Computer. „Du hast es geändert. Also, ich höre ..."

„Bad Vibes."

Das traf es auf den Punkt.

Acht

Was brachte einen dazu, ein drei mal vier Meter großes Gemälde aus dem Dom zu stehlen? Ich loggte mich ins Internet ein und klickte mich wahllos durch den virtuellen Dschungel. Kunstraub war ein weitverbreitetes Phänomen. Allein in Deutschland verschwanden täglich sieben hochkarätige Kunstwerke aus Museen, Galerien oder Gotteshäusern. Laut Wikipedia zählt der Kunstraub zu den einträglichsten Delikten. Aufgrund der Unverkäuflichkeit bekannter Kunstwerke dienen gestohlene Bilder – wenn sie nicht von Sammlern begehrt werden – häufig als Zahlungsmittel oder schlichtweg als Geldanlage. Einen Absatz weiter unten stieß ich auf das blau unterlegte Wort *artnapping*. Ich klickte es an und überflog den Text. Im ersten Abschnitt ging es um gestohlene Kunstgegenstände, die den Eigentümern oder deren Versicherungen zum Rückkauf angeboten werden. Das Prozedere ähnelt dem einer Geiselnahme, mit dem kleinen, aber nicht von der Hand zu weisenden Unterschied, dass lästige Tätigkeiten wie das Abschneiden und Versenden von Gliedmaßen oder das Aufstöbern düsterer Kellerverstecke dabei entfallen. Erstaunlicherweise funktioniert das sogar, was zur Folge hat, dass viele Kunstwerke gar nicht mehr versichert werden. Im zweiten Abschnitt wurde es dann konkreter. Ein spektakulärer Coup ereignete sich 2004 in Oslo. Edvard Munchs Bild „Der Schrei“ wurde von bewaffneten Gangstern aus der Nationalgalerie entwendet. Experten schätzten den Wert des Gemäldes auf einhundert Millionen Euro. Kein Wunder, dass selbst große Versicherungen bei solchen Schadenssummen die Segel strichen.

Ich betrachtete eine Abbildung des Schreis und musste unwillkürlich an die Eheberatungsstelle ein Stockwerk über mir denken. Der kunstgewordene Alptraum der Psychoanalyse. Allein der Anblick musste pathologische Folgen haben. Hundert Millionen Euro! Die Menschheit war wirklich krank. Kein Wunder, dass es so viele Psychologen gab.

Als Nächstes versuchte ich den ungefähren Wert des Hiob herauszufinden. Leider ließen sich im Internet nur vage Auskünfte über Preise von Kunstwerken ermitteln. Ich stieß lediglich auf ein paar Druckgrafiken von Emil Schumacher, die man bei ebay ersteigern konnte. Das Anfangsgebot war mit 5.000 Euro festgelegt. Die Serie hatte eine limitierte Auflage von vierzig Stück. Für ein Gemälde musste man mit Sicherheit ein paar Nullen dranhängen, auch wenn es zu fünfundneunzig Prozent schwarz war.

Ich schob mir eine Kippe zwischen die Lippen und spielte alle Möglichkeiten im Kopf durch. Dass irgendjemand den Hiob als Zahlungsmittel benutzte, erschien mir mehr als fragwürdig. Drei Kilo Kokain im Tausch gegen ein durch und durch sinisteres Bild. So morbide konnte selbst der internationale Drogenhandel nicht sein. Auch wenn mir der Begriff Schwarzgeld in diesem Zusammenhang gefiel. Ebenso wenig glaubte ich an die Theorie der Geldanlage. „Mein Aktienportfolio ist nichts mehr wert, die Kurse sind im Keller, Gott sei Dank habe ich noch den Hiob im Schlafzimmer hängen." Nein. Für solche Schlafzimmer fehlte mir schlichtweg die Phantasie. Dann also Erpressung. Nur, wer sollte hier erpresst werden? Die Stadtkasse war chronisch leer. So verwegen konnte auch das organisierte Verbrechen nicht sein, sich einzubilden, von der Stadt Frankfurt auch nur einen Euro zu bekommen. Das hatten schon ganz andere versucht. Blieb die Katholische Kirche. Hier war in jedem Fall mehr zu holen.

Außerdem konnte man sich auf die Verschwiegenheit dieses Vereins verlassen. Verbriefte Diskretion seit 2.000 Jahren. Vielleicht stand deshalb auch noch nichts in der Presse. Die einzig logische Erklärung. Nur, wie sollte ich jetzt vorgehen? Das Telefon riss mich aus diesen Grübeleien. Ich brummelte ein genervtes Bratfisch in den Hörer und legte meine Füße auf der Schreibtischplatte ab. Am anderen Ende der Leitung begann es aufgeregt zu plappern. Ich erkannte die Stimme sofort und schaltete automatisch wieder ab. Frau Schröter. Immer noch auf der Suche nach ihrem vierzehnjährigen Perser. Ich murmelte ein paar halbgare Versprechen in den Hörer und legte schnell wieder auf. Falls Kanonen-Robert seinen Job in Offenbach überleben sollte, konnte er sich weiter als Tierfänger verdingen. Das dürfte ihn für das nächste halbe Jahr beschäftigen. Dann warf ich mir eine Jacke über die Schulter und machte mich zu Fuß auf den Weg Richtung Innenstadt.

Pinguine besuchen.

Neun

Im Inneren des Doms war alles wie gehabt. Besucherströme schlängelten sich durch die Gänge und mäanderten ziellos durch das Gebäude. Die Wand, an der bis vor ein paar Tagen noch der Schumacher hing, war weiterhin so kahl wie Kanonen-Roberts Stirn. Kein Schild oder Verweis auf eine Restaurierung in München. Ich wandte mich dem Altar zu, der von einer Gruppe Japaner flächendeckend mit Blitzlichtern ausgeleuchtet wurde. Jesus blickte starr auf sie herab und ließ das Fotoshooting über sich ergehen. Was blieb ihm auch anderes übrig. Wenigstens hatte er Übung darin.

Weil es hier nichts zu entdecken gab, schlenderte ich das Querschiff entlang, konnte aber nirgendwo einen Mitarbeiter der Kirche erblicken. Wirklich schwer konnte es nicht sein, etwas unbemerkt aus dem Dom mitgehen zu lassen. Vielleicht waren deshalb alle Kunstgegenstände entweder riesengroß oder tonnenschwer. Nachdem ich eine vergebliche Runde gedreht hatte, erregte eine Art Käfig mit schmiedeeisernen Gittern meine Aufmerksamkeit. Ein Schild wies diesen dunklen Pferch als Sakramentskapelle aus. Direkt dahinter befand sich der Raum der Stille. Weil mir das auf Anhieb sympathisch war, riskierte ich einen Blick. Auch hier gab es eine Art Altar. Auf ihm stand eine schlichte Kerze, deren Schein auf ein goldumrahmtes Triptychon fiel. Die Lichtverhältnisse konnten durchaus mit denen im *Bad Vibes* konkurrieren. Ich ließ mich in einen der gepolsterten Stühle fallen und genoss diesen Gegenentwurf zur Schreitherapie, bis mich ein fernes Murmeln wieder aus meinen Tagträumereien weckte. Ich spitzte die Ohren und versuchte die Stimme zu lokalisieren. Dann entdeckte ich den Schattenriss eines gebeugten Mannes am äußersten Rand der ersten Reihe. Seine Haltung ließ vermuten, dass er die achtzig schon seit geraumer Zeit überschritten hatte. Zumindest zitterte sein Körper bereits unter der Anspannung des eigenen Atems. „Vater unser, geheiligt sei dein Name, vergib uns unsere Schuld und ...“ Das übliche Blabla. Kein Wort über das gestohlene Gemälde. Wäre auch zu schön gewesen.

Ich verließ den Raum der Stille und kehrte wieder ins laute Leben zurück. Irgendwas musste jetzt endlich passieren. Außerdem ging mir die säuselnde Musik, die als Endlosschleife durch das alte Gemäuer waberte wie Phil Collins über die Käsetheken der deutschen Supermarktketten, gehörig auf den Sack. Es wurde höchste Zeit, ein wenig Staub aufzuwirbeln.

Die Luft in dem Beichtstuhl, den ich mir für mein Vorhaben ausgewählt hatte, war so schwer und süß wie das Parfum einer abgetakelten Sudfass-Nutte. Man hätte sie abzapfen und daraus Pralinen herstellen können. Das dunkle Holz hatte die Sünden vergangener Jahrzehnte in sich aufgesogen wie eine Rolle Küchenkrepp. Ich setzte mich auf das knarrende Bänkchen und bohrte meine Blicke ergebnislos durch das Riffelmuster der Mittelwand. Noch während ich darüber nachdachte, wie ich das Gespräch beginnen sollte, übernahm mein unsichtbarer Gesprächspartner die Initiative.

„Mein Sohn?“

„Vater?“, entgegnete ich, weil mir auf diese Begrüßungsformel spontan nichts Passenderes einfiel.

„Was führt dich zu mir?“

Offenbar hatte ich den richtigen Ton getroffen, auch wenn mir die Rollenverteilung nicht wirklich gefiel.

„Der Hiob ist weg“, fiel ich mit der Tür in den Beichtstuhl, um die Sache kurz zu halten.

„Wovon sprichst du, mein Sohn?“

„Der Hiob“, wiederholte ich. „Das Bild. Ist weg.“

Schweigen. Toller Anfang. Kaum waren drei Sätze gewechselt, geriet die Sache ins Stocken. Ich entschloss mich dazu, die Pause auszuhalten. Wenn man etwas in Kneipen lernen kann, dann das: Pausen aushalten.

„Weißt du etwas darüber?“, kam es schließlich – wenn auch sehr zögerlich – durch das Riffelgitter zurück.

„Seh ich so aus?“, konterte ich die Frage in dem Bewusstsein, dass auch mein Gegenüber nicht den Hauch einer Chance hatte, mich bei diesen Lichtverhältnissen optisch zu begutachten. „Aber Sie wissen doch bestimmt allerhand. So läuft das doch in eurem Verein. Wir stellen die Fragen, und ihr habt auf alles eine Antwort. Das ist doch euer Kerngeschäft. Antworten. Also, was ist mit dem Hiob? Und erzähl mir bloß keinen Quatsch von einer Restaurierung in München. Ich kenne München. Weißwürste, Oktoberfest, Hofbräuhaus. Alles in München. Nur der Hiob eben nicht.“

Abermals dauerte es eine gefühlte Ewigkeit, bis mein Gesprächspartner seine Stimme wiederfand.

„Wer sind Sie?“

„Ich dachte, solche Gespräche sind vertraulich. Beichtgeheimnis. Ist doch so?“

„Wenn du etwas zu beichten hast, dann beichte, mein Sohn. Erleichtere deine Seele von den Lasten deiner Sünden. Gott wird dir gnädig sein.“

„Woher wollen Sie das wissen? Oder wird hier jedem verziehen?“

„Das ist der Sinn der Beichte.“

„Gilt das auch für den Erpresser?“, hakte ich nach. „Spaziert hier rein und klaut euch den Hiob unter der Nase weg, kommt drei Tage später zurück und säuselt was von wegen „tut mir leid“ und „war nicht so gemeint“ in den Beichtkasten, aber am Ende hätte ich doch gerne zwei Millionen quasi als Aufwandsentschädigung, und Sie verzeihen diesem Kerl anschließend. Läuft das so?“

„Ich würde das Gespräch jetzt gerne beenden.“

„Ich auch“, entgegnete ich schroff und erhob mich von dem knarrenden Bänkchen. „Sie hören von mir“, fügte ich hinzu und stolzierte, ohne mich noch einmal umzudrehen, nach draußen. Was ich sagen wollte, hatte ich gesagt.

Auf dem Domplatz zündete ich mir eine Zigarette an und blickte verstohlen in Richtung Pforte.

Nichts.

Die Minuten vergingen ereignislos. Niemand zeigte Interesse an meiner Person. Mein Magen begann zu knurren. Staub aufzuwirbeln hatte ich mir irgendwie anders vorgestellt.

Zehn

Die Urinstinkte leiteten mich direkt zu Fisch Franke, einer Frankfurter Institution in Sachen Rentnerverköstigung. Ich betrat den Laden und senkte den Altersschnitt der Kundschaft damit um gut zwanzig Jahre. Alle, die in der Schlange vor mir standen, hatten den Krieg noch leibhaftig miterlebt, und die meisten benahmen sich auch genau so. In militärischer Strenge schallten die Bestellungen durch das Schnellrestaurant wie das Stakkato einer Flak.

„Zweimal Backfisch und Bratkartoffeln!“, bellte das vor mir stehende Männchen im grünen Lodenmantel die Verkäuferin an, als ginge es darum, den Vormarsch durch die Ardennen zu befehligen.

„Remoulade dazu?“

„Bratkartoffeln hab isch gesagt!“, ramenterte der Lodengreis unbeirrt weiter und erhob dabei drohend den Stock.

„Also zweimal Backfisch mit Bratkartoffeln“, wiederholte die geschulte Servicekraft in stoischer Ruhe.

„Unn die Remoulade nett wieder vergesse!“, setzte der Opa fordernd nach.

In Bezug auf solche Menschen gab es nur eine Hoffnung. Lange konnte es nicht mehr dauern, dann würde die Zeit richten, was der Zweite Weltkrieg versäumt hatte.

Ich begnügte mich mit einem Matjesbrötchen und verließ den Laden so schnell es eben möglich war.

Auf der Zeil schüttelte ich mir eine Rote aus der Packung und blies eine Mischung aus Rauch und Zwiebeldunst in die diesige Frankfurter Stadtluft. Mein Atem stank bestialisch.

Küssen war heute definitiv nicht mehr drin. Die Wahrscheinlichkeit, dass es im Laufe des Tages dazu kam, lag sowieso im Bereich der negativen Zahlen. Einen Vorteil hatte mein Mundgeruch: In der U-Bahn hatte ich einen ganzen Vierer für mich alleine. An der Leipziger Straße stieg ich aus und fuhr mit der Rolltreppe dem wolkenverhangenen Himmel entgegen. Das Haus, in dem Dr. Heinrich Kleemann logierte, war flächendeckend mit Efeu umrankt. Ein klassisches Stilmittel, die Risse im Putz eines unsanierten Altbaus zu überdecken. In Bornheim gab es Häuser, die nur noch von der Botanik zusammengehalten werden. Ich drückte die Klingel, murmelte ein beiläufiges „Bratfisch" in die Sprechanlage und wartete auf ein Türsurren. Vergeblich.

Noch bevor ich es ein weiteres Mal probieren konnte, öffnete sich die Haustür, und eine betagte Dame bahnte sich mit einem Rollator im Anschlag ihren Weg nach draußen. Ich nutzte die Chance und schlüpfte ins Haus. Das Entree machte dem Doktortitel meines Klienten alle Ehre. Die Halle war reich mit Stuck und das Treppenhaus mit allerlei Jugendstilschnickschnack verziert. Die Wohnungstür im dritten Stock stand zu meiner Verwunderung offen. Ich trommelte vorsichtig mit den Fingerspitzen dagegen. Weil niemand darauf reagierte, betrat ich kurzentschlossen die Wohnung. Der Flur war in etwa so großzügig geschnitten wie mein Büro. Die Wände waren bis unter die Decke mit Bücherregalen zugestellt, in denen – und das ist wirklich bemerkenswert – auch tatsächlich Bücher standen. Ich kündigte mein Kommen noch einmal verbal an und betrat den nächsten Raum. Das Arbeitszimmer dominierte ein voluminöser Schreibtisch, um den sich allerlei gewaltige Papierstapel türmten. An den Wänden hingen großformatige Bilder moderner Künstler, deren unruhiger Duktus sich kongenial in die allgemein herrschende

Unordnung fügte. Ich bahnte mir vorsichtig einen Weg durch das Chaos und warf anschließend einen Blick in die Küche. Auch sie wurde ausschließlich von Büromaterial dominiert. Küchengeräte ließen sich nicht ausmachen. Wenn Herr Kleemann wirklich etwas essen wollte, musste er das wohl oder übel aushäusig erledigen. Der Inhalt des Kühlschranks bestätigte diese Hypothese. Ein angebrochenes Glas Senf, zwei Flaschen Wasser und eine Tafel Nougatschokolade. Aus diesen Zutaten konnte selbst Jamie Oliver nichts mehr rausholen. Im Wohnzimmer offenbarte sich dann eine Neigung zu unzureichend versorgten Zimmerpflanzen. Einen Fernseher konnte ich nicht entdecken, dafür war die Couchgarnitur großflächig mit der FAZ ausgelegt. Von meinem Klienten weiterhin keine Spur. Blieb das Schlafzimmer. Ich öffnete die letzte Tür der Wohnung und trat vorsichtig ein. Herr Kleemann lag im Bett. Das allein war sicherlich nichts Außergewöhnliches. Außergewöhnlich war, dass er es nur in einer Zinkwanne wieder verlassen würde. Ich steckte mir eine Zigarette zwischen die Lippen und friemelte das Feuerzeug aus der Jeans. Über den Rauch in der Wohnung würde sich sicherlich niemand mehr beschweren. Nach ein paar tiefen Zügen riskierte ich einen zweiten Blick. Tot bleibt tot. Daran gab es nichts zu rütteln, auch wenn es genau das war, was ich verzweifelt probierte. So sehr ich Herrn Kleemann auch durchschüttelte, aufwachen würde er in diesem Leben nicht mehr.

Elf

Nachdem ich mich wieder einigermaßen gesammelt hatte, dachte ich konzentriert über die nächsten Schritte nach. Die Polizei zu informieren, erschien mir dabei als unumgängliches Übel, das man aber gut und gerne noch ein wenig hinauszögern konnte. Ich rauchte zu Ende und schnippte die Kippe aus dem offenen Fenster in den Hinterhof. Heinrich Kleemann hatte keine äußeren Verletzungen. Dennoch glaubte ich an Mord. Sein angestrengter Gesichtsausdruck und die verkrampfte Haltung seiner Finger, die sich kurz vor seinem Ableben tief in die Matratze gegraben haben mussten, stützten diese Vermutung. Wahrscheinlich hatte er seinen Mörder sogar persönlich gekannt. Es wirkte jedenfalls so, als läge ihm der Name noch auf der Zunge. In ein paar Jahren war die Kriminaltechnik mit Sicherheit so weit ausgereift, die letzten, nicht gesagten Worte eines Menschen anhand mimischer Parameter lautgetreu rekonstruieren zu können. Bei CSI längst Standard, in meiner Lebensrealität noch absolute Zukunftsmusik, obwohl ich dem Namen CSI-Bratfisch durchaus etwas abgewinnen konnte. Es musste also andere Hinweise geben. Ich ließ die Leiche Leiche sein und verließ das Schlafzimmer. Irgendwo in den Tiefen dieser vollgerümpelten Wohnung lag der Schlüssel zu diesem Fall, und weil auch ich hin und wieder zu logischen Gedanken fähig bin, bediente ich mich zuerst am Schlüsselbord. Wohnungstüren standen schließlich nicht immer offen. Das hatte ich spätestens seit Sandy begriffen.

Die Polizei brauchte exakt viereinhalb Minuten. Die gleiche Zeit wie ein weichgekochtes Ei. Irgendwo darin bestand auch ein Zusammenhang.

Zwei uniformierte Männer mit Schnauzbärten, die sich verzweifelt darum bemühten, nicht schwul zu wirken, stürmten in die Wohnung. Zur weiteren Unterstützung ihrer Männlichkeit fuchtelten sie hektisch mit ihren gezückten Dienstwaffen durch die Luft.

„Hände nach oben!"

„Auf den Boden!", brüllten sie mich beinahe zeitgleich an und untermauerten diese Anweisungen mit Fingerzeigen in einander widersprechende Himmelsrichtungen.

Zum Zeichen meiner Gutmütigkeit erfüllte ich ihnen zumindest einen dieser Wünsche und streckte langsam die Hände gen Decke. Das allseits beliebte Frage-Antwort-Spiel konnte beginnen. Weil ich die kleinere Nummer war, durften die Bullen anfangen.

„Wer sind Sie?" Keine besonders intelligente Eröffnung, aber zumindest einfach zu kontern.

„Bratfisch", sagte ich betont sachlich, und ließ sie diese Information erst einmal verdauen. „Wir haben telefoniert. Die Leiche liegt im Schlafzimmer. Wenn ich die Hände wieder runternehmen darf, könnte ich euch sogar zeigen, wo das ist."

„Schnauze", kam es postwendend zurück. Ich setzte eine Runde aus und wartete geduldig ab, bis sie alle Zimmer der Reihe nach durchforstet hatten. Im letzten wurden sie schließlich fündig. Warum sollte es ihnen besser ergehen als mir. Es folgte eine kurze Zwiesprache, zu der ich nichts beitragen konnte. Am Ende verständigten sie sich darauf, diverse Vorgesetzte zu informieren und dann abzuwarten, welche Überraschungen der Tag noch zu bieten hatte. Ich entschloss mich dazu, die Wartezeit mit einer weiteren Zigarette zu überbrücken.

„Kippe aus!", herrschten sie mich augenblicklich an und gaben erneut eine kleine Kostprobe ihrer Kompetenz im Waffenziehen.

Alles Worthülsen, dachte ich. Gut, besser als Patronenhülsen, doch was sollten sie auch tun. Mir die Lulle aus der Hand schießen?

„Kippe ausmachen, hab ich gesagt!"

„Viereinhalb Minuten", stellte ich nüchtern fest. „Dann macht sie das von ganz alleine." Bevor wir uns schlagen konnten, rückte die Kripo an. In ihrem Gefolge ein Notarzt und vier madenhaft bleiche Gestalten der Spurensicherung in weißen Ganzkörperkondomen. Es dauerte abermals eine gefühlte Ewigkeit, bis sie das richtige Zimmer gefunden hatten. Weil mich niemand daran hinderte, folgte ich ihnen ins Schlafzimmer.

„Vorhin lag er anders da", stellte ich fest und wies mit dem Finger in Richtung des Leichnams. „Mehr auf dem Rücken", fügte ich erklärend hinzu und schaute mich dabei suchend nach einem Aschenbecher um.

„Wer ist das denn?", fragte der Chef im Ring einen der beiden Quatschköpfe von den Village People. Weil ich dem die korrekte Antwort nicht zutraute, intervenierte ich persönlich. „Bratfisch, Kurt Bratfisch. Privatdetektiv. Ich bin der glückliche Finder."

„Haben Sie die Leiche bewegt?"

„Ja", antwortete ich wahrheitsgemäß.

„Idiot", schaltete sich eine der Maden aus dem Off ein.

Ich ignorierte diese kränkende Bemerkung und versenkte meine aufgerauchte Kippe in einem herumstehenden Blumentopf. Sollten sich die Fusselsucher mit der Untersuchung dieses Stummels den Abend verderben. Fünf Minuten später nahm ich in einem brandneuen Opel Omega Platz. In der Jackentasche den Ersatzschlüssel zur Wohnung meines toten Klienten, ein zerknautschtes Softpack Gauloises und ein One-Way-Ticket zum Polizeipräsidium. Direkte Verbindung. Keine Zuzahlung erforderlich. Eines musste man den Bullen lassen: Der Shuttleservice funktionierte einwandfrei.

Polizeiverhöre laufen überall auf der Welt nach dem gleichen Muster ab. In Phase eins lassen sie dich warten. Der Raum, in dem ich das absolvierte, war mit blankpolierten Steinfliesen ausgelegt und beherbergte außer einer Reihe festgeschraubter Stühle nichts als abgestandene Luft. Die Jalousien an der Fensterfront waren heruntergelassen, so dass mir in Sachen Aussicht nichts anderes übrig blieb, als stumpf an die Wand zu glotzen. Irgendwann öffnete sich die Tür, und ein uniformierter Lakai begleitete mich durch endlose Flure in ein anderes Zimmer. Das Büro, in dem ich nun erneut auf unbestimmte Zeit geparkt wurde, war mit dem für öffentliche Gebäude typischen PVC-Einheitsschrott möbliert und wirkte dadurch in etwa so charmant wie die Innenstadt von Kassel. Auf der Fensterbank schmiegten sich ein paar nachlässig gepflegte Hydrokulturen an ein mit schwarzen Warnvögeln beklebtes Fenster. Drei Seiten des Raumes wurden von Regalen bestimmt. An der einzigen Wand, die nicht hermetisch von Aktenordnern eingenommen war, hing ein großformatiger Jahreskalender der Polizeigewerkschaft. Die Einträge beschränkten sich auf die Kürzel für dienstfrei und Urlaub. Nicht die verkehrteste Einstellung zur Arbeit, dachte ich und blickte mich weiter um. Die einzig persönliche Note manifestierte sich in einer angepinnten Urlaubskarte. Ein knackbrauner Arsch, durchschnitten von einem rosa Stringtanga und der Aufschrift „Berge und Täler Mallorcas“.

Einen Aschenbecher konnte ich nirgends entdecken, also

befreite ich eine der Zimmerpflanzen von ihrem Unterteller und zündete mir eine Zigarette an. Ich brauchte keine drei Züge, bis sich der Raum endlich mit Leben füllte. Phase zwei konnte beginnen. Der lockere, vermeintlich vertrauensvolle Smalltalk.

„Herr Bratfisch", sagte einer der beiden Männer, die soeben das Zimmer betreten hatten.

Ich nickte nur stumm und musterte die zwei durch den aufsteigenden Rauch. Im Gegensatz zu den beiden Streifenhörnchen in Kleemanns Wohnung waren sie ein ungleiches Paar. Dick und doof. Klein und groß. Bärtig und rasiert. Stoffhose und Jeans. Ernie und Bert. Yin und Yang. Frankfurt und Offenbach. Gut und böse, aber das war bei den Bullen ja eine altbekannte Masche. Der haarige Hüne stellte die Fragen, während sich sein Partner damit begnügte, mir ein volles Glas Leitungswasser über die dampfende Faust zu kippen. Soviel zum Thema Rauchen in öffentlichen Gebäuden.

„Was hatten Sie in Dr. Kleemanns Wohnung zu suchen?"

„Ihn", antwortete ich einsilbig. „Ich wollte ihn besuchen."

„Warum?"

„Das unterliegt der Schweigepflicht."

„Reden Sie keinen Blödsinn", mischte sich der Wasserverschwender ein. Phase zwei hatte noch keine Minute gedauert, und schon ging es ans Eingemachte. „Wir können Sie auch gerne eine Nacht hierbehalten, wenn Ihnen das lieber ist."

Das wäre dann Phase drei, aber so weit waren wir noch lange nicht. „Kein Problem", konterte ich, „ich hab sowieso nichts im Kühlschrank."

Jetzt lag es an dem Dicken, die Wogen wieder etwas zu glätten. „Herr Bratfisch", hob er an und zwinkerte mich dabei erwartungsvoll an. „Sie sind Privatdetektiv. Ich nehme an, dass Herr Dr. Kleemann Teil eines Falles ist, an dem Sie gerade arbeiten. Und jetzt vergessen Sie mal alles, was Sie aus dem Fernsehen über den Schutz von Klienten gehört haben. Das hier ist eine Mordermittlung. Da gelten andere Regeln."

Auch das konnte mich nicht wirklich beeindrucken. „Ich habe keinen Fernseher", sagte ich gelangweilt. Am Ende musste ich noch die GEZ-Gebühren für die letzten 25 Jahre nachzahlen.

„Wann haben Sie die Wohnung betreten?"

„Keine Ahnung. Ich trage keine Uhr. Aber ich schätze mal, fünf Minuten bevor ich Sie angerufen habe."

„Ist Ihnen irgendjemand begegnet?"

„Ja", sagte ich und warf die Stirn in Falten. Dann lieferte ich ihnen eine perfekte Beschreibung der alten Vettel, die kurz nach meinem vergeblichen Klingeln das Haus verlassen hatte. „Die Nummer ihres Rollators konnte ich mir leider nicht merken. Es ging alles viel zu schnell." Das brachte nun auch den Dicken aus der Fassung. Er schlug mit seiner haarigen Faust auf den Tisch, was den Unterteller das Leben kostete.

„Scherben bringen Glück", versuchte ich ihn wieder aufzumuntern. Es blieb beim Versuch. Es folgte eine Serie wilder Flüche, die mir alle nicht neu waren. Um die Situation zu entspannen, bot ich ihm eine Zigarette an. Zum Ärger seines hageren Kollegen griff er sofort zu. Es folgte ein Moment gespannter Stille. Der Hüne zerbröselte die Kippe in seinen Händen, was seinem Partner ein zaghaftes Lächeln abrang. Auch eine Art zu rauchen, dachte ich und gab mir selbst Feuer. Diesmal schaffte ich genau vier Züge, bis sich ein zweites Glas Wasser über meiner Hand ergoss.

Zwölf

Ich weiß nicht, ob Sie in Ihrem Leben jemals etwas mit der Polizei zu tun hatten. Falls sich Ihre Kenntnisse diesbezüglich auf die Lektüre von Romanen und gelegentliche Geschwindigkeitsüberschreitungen beschränken, vergessen Sie es besser gleich. Auch der sonntägliche Tatort ist in etwa so realistisch wie Guido Westerwelles Ansichten zur allgemeinen Weltwirtschaftslage. Kriminalbeamte sind weder originell noch unterbezahlt. Sie tragen keine Cowboystiefel und nur in Ausnahmefällen Jeansjacken, weder essen sie Currywürste noch ermitteln sie in geheimer Mission auf eigene Faust. Eines ist ihnen aber allesamt gemein: Sie sind Beamte. Und deshalb machen sie um Punkt vier Feierabend.

Komme, was wolle.

Ich spielte auf Zeit, und die Zeit spielte für mich.

Am Ende mussten sie mich gehen lassen. Die Auflage, in nächster Zeit die Stadt nicht zu verlassen, erfüllte ich, von meiner Stippvisite nach Offenbach mal abgesehen, bereits seit fünfzehn Jahren. Da kam es auf zwei oder drei Wochen mehr auch nicht an.

Ich beschloss, die wenigen Stunden bis das *Bad Vibes* öffnete, im Büro zu verbringen. Der 32er-Bus schaukelte mich in einen dämmrigen Schlaf, aus dem ich erst im Ostend wieder erwachte. Den kurzen Fußweg überbrückte ich mit Reflexionen über den bisherigen Verlauf des Tages, meines Lebens und der näheren Zukunft. Wie immer waren die Ergebnisse bescheiden. Im Treppenhaus roch es nach angebratenem Essen. Knoblauch und Zwiebeln. Ich schloss den Briefkasten auf und machte mich noch im Treppenhaus daran, den Stapel nach Wichtigkeit zu sortieren. Der Werbezettel einer nahe gelegenen Pizzeria wanderte ganz nach oben. Ich hatte Hunger und der Duft im Treppenhaus trug seinen Teil dazu bei. An zweiter Stelle landete ein weißer Briefumschlag. Danach folgte der übliche Rotz förmlicher Schreiben mit Klarsichtfenstern und Automatenfrankierung. Sparkasse, Versicherungen, Hausverwaltung. Irgendwann würde sich auch dafür ein Zeitfenster öffnen. Das monatliche Mahnschreiben der GEZ schaffte es immerhin bis zur Altpapiertonne. Im Büro angekommen, fläzte ich mich in meinen Chefsessel und studierte die Speisekarte der Pizzeria Avanti. Ich orderte Nudeln und schraubte den Preis mit Hilfe von Zigaretten und Rotwein auf Fünfzehneurozwanzig, was eine Lieferung frei Haus garantierte. Nachdem das erledigt war, wandte ich mich dem weißen Blankoumschlag zu. Es war ein stinknormaler Umschlag ohne Aufdruck und sonstige Beschriftungen. Ich ritzte die Falz auf und entnahm dem Umschlag ein sauber gefaltetes DIN A4-Blatt. Darauf stand ein einziger Satz. Die Schriftgröße ließ vermuten, dass der Schreiber nur wenig Vertrauen in meine Sehfähigkeit hatte. Die Botschaft hätte jedoch auch in Lettern normaler Größe an ihrer Eindeutigkeit nichts eingebüßt.

ES WIRD DIR BALD SEHR SCHLECHT GEHEN!

Fünf Minuten früher, dachte ich. Fünf Minuten, und ich hätte mir keine Spaghetti Vongole bestellt.

Die nächsten anderthalb Stunden vergingen ereignislos, bis der pakistanische Pizzabote energisch gegen meine Bürotür bollerte. Ich zahlte ihn aus und packte die Tüte auf meinem Schreibtisch aus. Den Zigaretten konnte man vermutlich trauen, auch wenn man Marlboro meines Wissens nach nicht mit doppeltem „l“ schrieb. Danach probierte ich den Wein. Er korkte, obwohl die Flasche einen Schraubverschluss hatte, doch in Sachen Alkohol war ich Kummer gewohnt. Die Nudeln ließ ich unangetastet stehen. Was auch immer der Brief bezwecken sollte, der Appetit auf Muscheln war mir gründlich vergangen. Weil man Essen nicht wegschmeißen soll, kramte ich einen Edding aus der Schublade und hinterließ die Worte *für dich* auf der Aluschale, für den Fall, dass Kanonen-Robert noch mal im Büro vorbeischaute. Dann warf ich mir eine Jacke über und machte mich gemächlichen Schrittes auf den Weg ins *Bad Vibes*.

Sandy schäumte wie ein zu eilig gezapftes Pils. Wo ich denn jetzt herkäme, und dass mir mittlerweile wohl alles scheißegal sei, zeterte sie wutentbrannt los, noch bevor ich den Laden mit vollem Umfang betreten hatte. „Der Anrufbeantworter!“, ging es weiter. Ob ich denn den Anrufbeantworter nicht abgehört hätte? „Dein Scheißhandy ist ja sowieso immer aus!“ Wozu ich das Scheißhandy denn überhaupt hätte, wenn es nie geladen sei? „Wenn man dich einmal braucht! Nur ein einziges Mal!“, fuhr sie wütend fort und gestikulierte anklagend mit den Armen. Am liebsten hätte ich auf der Stelle kehrtgemacht, doch dazu war es eindeutig zu spät. Anstatt mich mit goldgelbem Gerstensaft milde zu stimmen, zerrte sie mich am Revers in die Kneipe und nagelte mich mit weiteren Vorwürfen am Tresen fest. Es dauerte noch gut fünf Minuten, bis sie endlich zum Punkt kam. „Erpresst?“

„Ja, erpresst. Ich werde erpresst! Davon rede ich doch die ganze Zeit. Hörst du mir eigentlich zu?“

„Natürlich ...“

„Natürlich nicht, sonst würdest du ja nicht so bescheuert fragen!“

„Aber das ist vermutlich alles nur ein Irrtum“, versuchte ich, sie zu beschwichtigen, womit ich in etwa so erfolgreich war wie die Bundeswehr in Afghanistan.

„Irrtum? Ist das etwa ein Irrtum!“, fuhr sie mich an und riss sich dabei theatralisch den Schal vom Hals. Ich hatte keine Ahnung, was sie mir damit sagen wollte, nickte aber vorsorglich zustimmend mit dem Kopf.

„Glaubst du mir jetzt?“

„Na klar. Was ist denn mit deinem Hals?“, fragte ich ebenso naiv wie dämlich und brachte damit den Vulkan endgültig zum Ausbruch.

„Das siehst du nicht? Bist du denn vollkommen blind?“ Und schon flogen Gläser und Tassen durch die Luft. Ein Schnapsglas zerschellte an meiner Schläfe und ließ mich hart zu Boden gehen. Im selben Augenblick öffnete sich die Kneipentür, und Kanonen-Robert betrat in Gefolge von Jürgen das *Bad Vibes*. Selten war ich so froh, die beiden zu sehen.

„Aufhören! Sofort aufhören!“, rief Kanonen-Robert mit ungewohnt resoluter Stimme, was den Keramik- und Glashagel einstweilen zum Stillstand brachte. Vorsichtig lugte ich über die Theke. Die Wunde an meiner Stirn begann leicht zu bluten. „Ihr Hals“, sagte ich und zeigte dabei hilflos auf Sandy. „Irgendwas ist mit ihrem Hals.“

„Zeig mal her“, schaltete sich Jürgen ein und begutachtete prüfend Sandys Nacken. Aus einem mir nicht begreiflichen Grund schien sie diese Geste zu beruhigen. Immer noch schwer atmend nahm sie auf einem Barhocker Platz und wickelte sich mit komplizierten Bewegungsabläufen wieder in ihren Schal.

Zehn Minuten später – Kanonen-Robert hatte uns mit Bier und Schnaps versorgt – kamen dann endlich die harten Fakten auf den Tisch.

„Schutzgeld?“

„Hier?“

„Im *Bad Vibes*?“

All diese Fragen wurden von Sandy mit einem einfachen Kopfnicken beantwortet. Mein Beitrag beschränkte sich darauf, möglichst unauffällig mit meinem Eisbeutel auf der Stirn zu verschmelzen.

„Die Würgemale“, setzte Sandy ihren Bericht fort, „die Würgemale sind wohl Warnung genug. Die meinen das ernst. Todernst, wenn ihr versteht, was ich meine.“

Langsam kapierte sogar ich, worum es ging.

„Sie waren zu dritt. Schwarze Anzüge, Sonnenbrillen, zwei mit Glatze, einer mit Pferdeschwanz. Sahen aus wie Türsteher einer Vorstadtdisse. Haben erst ganz normal was bestellt. Drei Pils, drei Wodka.“

„Russen!“, konstatierte Jürgen und kippte seinen Korn auf ex.

„Russen?“

„Schutzgeld, schwarze Anzüge, Wodka. Brauchst du noch mehr? Wer ist hier eigentlich der Detektiv?“

„Ich“, parierte ich reflexartig, ohne dass es von irgendjemand wahrgenommen wurde.

„Die haben aber Hessisch gesprochen“, wandte Sandy ein. „Also rein von der Tonlage waren die von hier.“

„Eben, Russlandhessen“, konterte Jürgen diesen Einwand. „Gibt es doch haufenweise. Kommen über Polen direkt hierher. Einfaches Touristenvisum, und schon ist die Sache geritzt. Machen sich breit wie die Borkenkäfer und nehmen uns dann nach Strich und Faden aus. Ist alles streng organisiert. Mit denen ist nicht zu spaßen.“

„Oh mein Gott“, schluchzte Sandy und griff nun ebenfalls nach einem Schnapsglas. Instinktiv tauchte ich ab. Erst als das

Glas wieder sicher auf dem Tresen stand, wagte ich es, weitere Fragen zu stellen.

„Was haben die denn verlangt?"

„Alles, was in der Kasse war. Fünfzig Euro und" – sie nahm sich Zeit für einen gedehnten Seufzer – „und dann haben sie mich an der Kehle gepackt und gesagt, dass sie wiederkommen. Und wenn ich die Bullen rufe, werden sie den Laden anzünden."

Die Vorstellung einer brennenden Kneipe ließ Kanonen-Robert und Jürgen unvermittelt nach ihren Bierhumpen greifen. Bereit zu löschen, was immer es zu löschen gab.

„So weit wird es nicht kommen", sagte ich und versuchte, vorsichtig nach meinem Schnaps zu greifen. Es blieb beim Versuch.

„Und wie, bitte schön, willst ausgerechnet du das verhindern? Du schaffst es ja nicht einmal, einen vierzehnjährigen Kater einzufangen!" Sprach's, kippte meinen Schnaps in Kanonen-Roberts Bier und klammerte sich schutzsuchend an dessen Hals fest. „Robert hilft mir", hauchte sie dem kahlköpfigen Ex-Stuntman ins Ohr. „Der weiß, wie so was geht."

Mein Praktikant reagierte auf diese Attacke mit sabbernden Lefzen und einem gewaltigen Ständer.

Der Brief, dachte ich. Wer immer mir diesen Brief geschickt hatte, konnte hellsehen. Ja, es ging mir bereits jetzt sehr schlecht.

Dreizehn

Der Schlachtplan zur Rettung des *Bad Vibes* wurde noch am selben Abend ausbaldowert. Ruckzuck hatte sich die Runde der Stammgäste um diverse Stammgäste erweitert, und alle waren bereit, ihren Teil beizutragen. Natürlich, denn hier ging es ums Ganze. Die Rettung der eigenen Kneipe war für die meisten das einzige, wofür es sich in diesem Leben noch zu kämpfen lohnte. Die letzte Bastion, das letzte Stück Heimat, das letzte Refugium, an dem man vom übrigen Leben in Ruhe gelassen wurde, stand in Gefahr, seine Unschuld zu verlieren, und das, so kam man schnell überein, konnte in keinem Fall geduldet werden. Koste es, was es wolle. Innerhalb kürzester Zeit waren Listen entstanden, Dienstpläne zur Bewachung des Tresens erstellt sowie die Bewaffnung der Schutztruppen organisiert worden. Kanonen-Robert ließ mit selbstsicherem Grinsen die Trommel seines Schreckschussrevolvers kreisen, während Jürgen mit ausladenden Gesten und unter Zuhilfenahme von Sandys Küchenmessern die richtige Handhabung afrikanischer Macheten erläuterte. In Ermangelung von Baseballschlägern begann man bereits kurz darauf mit der Zerlegung eines nahe gelegenen Baugerüsts. Irgendein Idiot, der sich in seiner Freizeit gerne auf Mittelaltermärkten rumtrieb und auch exakt so aussah, brachte schließlich noch eine Hellebarde ins Spiel, mit der er fortan neben dem Heizpilz am Eingang Position beziehen wollte. Das Ganze entwickelte sich binnen kürzester Zeit zu einem wilden Gelage. Wüste Geschichten machten die Runde. Von einfacher Körperverletzung bis zur Geiselnahme in diesem Moment spontan erdachter Kinder war quasi alles dabei. Der Wahrheitsgehalt sank mit jedem Getränk. Für den Augenblick war die Lage unter Kontrolle. Es wurde Zeit, ein paar einfache Nachforschungen anzustellen.

Im Dunstkreis des *Bad Vibes* existierten noch drei weitere Kneipen. Alle waren mir bislang ein Rätsel geblieben, vielleicht konnte ich in dieser Nacht zumindest eines davon lösen. Das Bornheimer Bierhöfchen vereinte schon in seinem Namen gleich zwei Lügen. Weder lag der Laden in Bornheim, noch zeichnete sich das Etablissement durch einen Hof, respektive gar ein Höfchen aus. Das allgemeine Rauchverbot für Speisegaststätten hatte der heruntergekommenen Kaschemme dann endgültig den Rest gegeben. Warum die Kneipe immer noch existierte, war schwer zu sagen. Vielleicht war einfach die fachgerechte Entsorgung der fett- und nikotindurchtränkten Möbel und Wände auf dem Sondermüll zu teuer. Im Prinzip glich die Situation der in Biblis: Auf unbestimmte Zeit blieb der Laden am Netz, weil niemand eine bessere Lösung kannte.

Ich trat ein und stellte meine Atmung von Nase auf Mund um. Der Tresen war unbesetzt. Davor kauerte ein alter Mann auf einem Barhocker und starrte mit glasigen Augen in sein schal gewordenes Bier. Ansonsten war der Schankraum leer. In einer Ecke fiepte ein Spielautomat alle Variationen einer Melodie, die sich aus drei Tönen zusammensetzen ließ. Ich stellte mich an den Tresen und blickte erwartungsfroh Richtung Zapfhahn.

„Keiner da", raunzte der Alte und zog geräuschvoll einen Batzen Schleim durch seine rot geäderten Nasenflügel bis in die verbliebenen Reste seines Stammhirns hoch. Die Auster des kleinen Mannes, dachte ich und nickte ihm anerkennend zu.

„Kommt auch keiner mehr“, fügte der Alte hinzu und kippte einen Schluck Bier hinterher.

„Gar keiner?“, fragte ich erstaunt, immer noch darauf bedacht, auch wirklich nur durch den Mund zu atmen.

„Sag ich doch.“

„Na dann“, erwiderte ich und kramte meine Kippen aus der Jacke.

„Rauchverbot“, grunzte der Alte und deutete vage in Richtung der leeren Tische. „Speiselokal. Absolutes Rauchverbot.“

„Ist aber keiner da“, erwiderte ich und hielt ihm die offene Packung entgegen.

„Kommt auch keiner“, erneuerte der Greis seine Prophezeiung. „Rauchverbot ist aber trotzdem.“ Ich steckte die Kippen wieder weg und verharrte noch einen Moment unschlüssig am Tresen.

„Tja, dann schau ich wohl morgen noch mal rein.“

„Morgen ist zu.“

„Zu?“

„Ja, Ruhetag.“

„Ruhetag?“

„Sag ich doch, Ruhetag.“

„Von was?“, entgegnete ich und ließ ihn in seinem Elend zurück.

Vor der Tür steckte ich mir sofort eine Kippe an und atmete wie gewohnt durch die Nase aus. Wirklich viel hatte ich nicht erfahren, aber was ich wissen wollte, wusste ich jetzt: Das Bornheimer Bierhöfchen stand definitiv nicht auf der Liste der Schutzgelderpresser. Alles, was man dort bekommen konnte, führte unweigerlich zu schweren Krankheiten oder schlechter Laune. Reicher wurde man davon nicht.

Keine zwei Gehminuten entfernt lag das Café Chic-Schnack. Tagsüber ein beliebter Treff für Spätgebärende, samt

Kinderwagenparkplatz und Aloe-Vera-Spezialkarte. Abends mutierte der Laden dann zu so etwas Ähnlichem wie einer Cocktailbar und beschallte die umliegenden Häuser mit einer Musik, die passenderweise auch genau diesen Namen trug: House.

Im Gegensatz zum Bornheimer Bierhöfchen florierte das Geschäft, denn an Schnöseln, die die Bistro-Café-Bar Chic-Schnack mit einer gelungenen Abendgestaltung verwechselten, mangelte es in Frankfurt nicht. Mühsam arbeitete ich mich durch die dicht umlagerten Bistrotische bis in eine Einbuchtung der organisch geformten Theke vor. Weil mich auch dort niemand beachtete, entleerte ich drei Schälchen mit Salzgebäck auf den Tresen und versuchte mich an einem abstrakten Mosaik. Nach einer Weile schenkte mir das aufgetakelte Püppchen hinter dem Tresen dann endlich ein Promille seiner Aufmerksamkeit. Ohne dass ich es wollte, sah ich mich kurze Zeit später mit einem Drink konfrontiert, dessen Farbgebung der Haut eines giftigen Urwaldfroschs in nichts nachstand. Vielleicht hatte man deshalb den Rand des Glases großzügig mit Zucker bestreut. Ich zahlte mit einem Zehneuroschein und bekam fünfzig Cent sowie ein eisiges Lächeln zurück. Meine Chancen auf ein zweites Getränk sanken damit tiefer als die Quoten eines Films über Quastenflosser auf Phoenix.

Dem Publikum schien es, all dieser Umstände zum Trotz, dennoch zu gefallen. Den meisten stand ein dämliches Dauergrinsen im Gesicht. Man nippte und wippte im Takt der Musik. Die Gespräche ein Mix aus Smalltalk und eitler Selbstdarstellung. Die Jahreshauptversammlung des ADAC. Der Abschleppdienst im Dauereinsatz, denn einzig und allein darum ging es hier. Ehrliche Betreiber hätten den Laden gleich Fick-Fack genannt, doch die Leute kannten es nicht anders und wollten belogen werden. Ich wusste, warum ich die Hälfte meines Lebens im *Bad Vibes* verbrachte. Sandy machte ihren Gästen wenigstens nichts vor. Ich stellte mein Glas auf dem Tresen ab und klaute mir dafür in einem unbeobachteten Moment ein halbvolles Beck's. Zwei Schlucke, schon war es leer. Wer auch immer diese 0,33er-Flaschen erfunden hatte, war definitiv kein Biertrinker.

Immer neue Gäste strömten herein. Aus Angst, hier nie wieder rauszukommen, entfloh ich in den kleinen Hinterhof. Im Vorbeigehen schaffte ich es, dabei noch drei Flaschen Beck's einzusacken. Keine schlechte Quote, wenn man bedenkt, dass man im Chic-Schnack pro Bier vier Euro fünfzig aufrief.

Der Innenhof war als „Raucher Lounge" deklariert. Auch wenn ich das Wort nicht mochte, steckte ich mir reflexartig eine Zigarette zwischen die Lippen. Nachdem ich einem gefühlten Dutzend Hobbyraucher Feuer gegeben hatte, ließ ich mich in einen freistehenden Korbsessel fallen und betrachtete das bunte Treiben, so wie man Affen im Zoo betrachtet. Dann entdeckte ich sie: drei Gestalten in schwarzen Anzügen. Zwei davon mit Glatze, der Dritte hatte seine schwarze Haarpracht fingerdick mit Pomade zugekleistert und zu einem strengen Zopf gebunden. Das mussten sie sein. Exakt so, wie Sandy sie beschrieben hatte. Jetzt musste mir nur noch einfallen, was ich tun sollte. Um besser nachdenken zu können, klaute ich mir zunächst ein weiteres Bier. Die Gäste des Chic-Schnack waren dermaßen auf sich selbst fixiert, dass sie ihren Getränken nur einen Bruchteil ihrer Aufmerksamkeit schenkten. Niemand bemerkte den stetigen Austausch der Biere, was vermutlich auch daran lag, dass 0,33er-Flaschen rein gefühlsmäßig ohnehin immer leer sind. Dann verabschiedete ich mich von meiner Sitzgelegenheit und näherte mich unauffällig den mutmaßlichen Schutzgelderpressern. Ihr Gespräch drehte sich um Autos und Frauen. Immer im Kreis. Spoiler und Kurven.

Tiefergelegt und leicht zu ficken. Kreuz und quer durcheinander und zielsicher wieder zum Ausgangspunkt zurück. Leicht zu haben, schwer zu fahren. Die ganze Komplexität beider Themen ignorierend und zu verblüffender Einfachheit verkürzt. Man konnte neidisch werden, oder schreiend davonlaufen. Selig sind allein die Dummen.

Ihr Akzent verriet die regionale Prägung. Die drei hatten so viel mit Russland zu tun wie ich mit Offenbach. Russlandhessen. Welch glorreicher Schwachsinn. Jürgens Gedankengänge waren mir seit jeher ein Rätsel, allerdings ging es mir mit den eigenen oft nicht anders. Anstatt weiter nachzudenken, konzentrierte ich mich auf eine Gelegenheit, mich in dieses sinnlose Gefasel einzubringen. Vergebens. Am Ende meiner Geduld, versuchte ich es mit schließlich einem so schlichten wie laut vernehmlichen „So!"

„So, was?", kam es von einem der beiden Glatzköpfe zurück.

„So einfach ist das nicht", vollendete ich meinen Einstieg.

„Was willste?", drängte sich nun die frisurgewordene Ölpest in den Vordergrund und baute sich breitschultrig vor mir auf. Es roch nach Ärger und billigem After-Shave. In solchen Momenten hat man genau zwei Möglichkeiten: Den ersten Schlag setzen oder sich schnellstmöglich verpissen. Wie immer traf ich die falsche Entscheidung.

„Deinen Skalp, du billige Schutzgeldnutte", holte ich verbal zu einem ersten Schwinger aus und wandte mich dann an einen der beiden Glatzköpfe im Hintergrund. „Bei euch ist mir offensichtlich schon jemand zuvorgekommen, oder seid ihr die Zweitbesetzung von Right Said Fred?" So schlagfertig mir diese Bemerkung auch vorkam, so schlagfertig war die Reaktion meines Gegenübers. Dem ersten Hieb konnte ich noch tänzelnd ausweichen, doch tat sich just in diesem Moment direkt hinter mir die nächste Front auf. „Der war's!", heulte eine schrille Stimme, unverkennbar die einer Frau, durch den auf einmal merkwürdig stillen Hinterhof. „Der hat mein Bier geklaut!" Ich blickte mich instinktiv um und vernachlässigte dadurch für den entscheidenden Bruchteil einer Sekunde meine Deckung. Ein schwerer Fehler, denn die zweite Faust landete zielgenau auf meinem Kinn.

30. Oktober 1974, Kinshasa, Zaire. George Foreman geht nach einer zackigen Links-Rechts-Kombination von Muhammad Ali in der achten Runde taumelnd zu Boden. Bei mir hatte es keine fünfzehn Sekunden gedauert. Das Gefühl war trotzdem das gleiche.

Vierzehn

Limetten und Orangen. Ich versuchte das zweite Auge zu öffnen, scheiterte aber an einer hühnereigroßen Schwellung. Ein kleiner Raum, gekachelt bis zur Decke. In den Regalen stapelte sich das Obst neben aufgerissenen Pappkartons und welkem Salat. Es war kalt. Nicht einfach kühl, sondern richtig kalt. Mühsam rappelte ich mich hoch und suchte prüfend nach weiteren Blessuren. Unterhalb der Gürtellinie schien alles in Ordnung zu sein. Erst kurz über dem dritten Rippenbogen nahm eine reich gefüllte Mängelliste ihren Anfang. Vorwiegend Prellungen und Blutergüsse. Als ich wieder halbwegs klar war, lenkte ich meine Aufmerksamkeit auf die Umgebung. Der fensterlose Raum maß zwei auf drei Meter. Zwei deckenhohe Metallregale. An der Stirnseite eine Metalltür, die sich zu meinem Missfallen von innen nicht öffnen ließ. Kühlhaus, schoss es mir durch den Kopf, als ich das Thermometer erblickte, dessen digitales Display eine Raumtemperatur von konstant sieben Grad anzeigte. Zu kalt zum leben, zu warm für Fassbier. Dazwischen war vieles möglich. Neugierig sah ich mich weiter um. In einem angedellten Pappkarton entdeckte ich eine Flasche Schnaps, deren Inhalt ich dazu nutzte, langsam wieder etwas Gefühl in meine steifen Glieder zu bringen. Auf diese Weise gestärkt, pochte ich dreimal beherzt gegen die Tür. Nach mehreren beharrlichen Wiederholungen vernahm ich ein sich langsam näherndes Poltern. Kurz darauf öffnete sich die Metalltür und ein mir unbekanntes Gesicht lugte vorsichtig durch den schmalen Türspalt. Pakistani, dachte ich, als ich den Mann anhand seiner Kochmütze einer Nationalität zuzuordnen versuchte. Neunzig Prozent aller Köche in der Gastronomie kommen aus Pakistan. Grüne Soße, Gyros, Schnitzel, Handkäs. In Zeiten der Globalisierung allesamt Rezepte vom Khaiber-Pass. Deutschlands Kochtöpfe werden am Hindukusch verteidigt.

„Na endlich", raunzte ich ihn an und schickte mich an zu gehen. Erst dann entdeckte ich das große Küchenmesser in seiner Hand.

„Kommst du!", sagte der Koch in einem Ton, der keinen Widerspruch zuließ. In Anbetracht meiner angeschlagenen Gesundheit folgte ich ihm willig. Wir stiegen durch ein schimmliges Treppenhaus nach oben. Die angebrochene Flasche Schnaps parkte ich unauffällig in einem herumstehenden Blumenkübel. Vor einer schmucklosen Tür im ersten Stockwerk endete der Kurzausflug. Der Pakistani baute sich breitbeinig neben ihr auf und bedeutete mir mit eindeutigen Gesten, dass ich erwartet wurde. Vorsichtig drückte ich die Klinke.

„Reinkommen!", polterte mich nun eine heisere Stimme an. Ein rhetorischer Befehl, denn genau das hatte ich just in diesem Moment bereits getan. Der Mann, dem die Stimme gehörte, saß hinter einem unaufgeräumten Schreibtisch und tippte verdrießlich auf einen handtaschengroßen Tischrechner ein. Neben ihm stapelten sich Schuhkartons voller Kassenbons. Als er seine Rechenoperation beendet hatte, blickte er missmutig zu mir auf.

„Geschäftsführer", stellte er sich unnötigerweise vor, denn genau das stand ihm ins Gesicht geschrieben. Ein schmieriger Südländer, Mitte zwanzig, dunkler Bartschatten und ölig glänzendes Haar. Protziger Goldschmuck auf schwarzer Seide. Dolce & Gabbana vom Scheitel bis zur Sohle. So sahen sie aus, die Führungskräfte unserer Zeit. Beste Handelsbeziehungen von Albanien bis nach Bornheim, aber zu blöd zum Kopfrechnen. Der Hauptschulabschluss bis in alle Ewigkeit in unerreichbarer Ferne. Weil ich nichts sagte, übernahm mein Gegenüber die Gesprächsführung.

„Hast du Glück“, hob er an und fummelte dabei nervös mit den Fingern an seinem Goldkettchen herum. „Wir regeln solche Ärger immer ohne die Bullen. Zahlst du bar, das ist alles, was mich interessiert.“ Auch wenn ich gänzlich andere Vorstellungen von Glück und Geld hatte, ließ ich ihn weiterreden. Das Küchenmesser in meinem Rücken war Argument genug.

„Vierzehn Bier“, fuhr er fort.

„Vierzehn?“

„Vierzehn“, bestätigte er. „Das macht ...“ Nun wandte er sich wieder voller Inbrunst seinem Tischrechner zu: „... dreiundsechzig Euro.“ Die Nennung dieses Betrags zauberte ein mildes Lächeln in sein Gesicht.

„Aber ich hatte gar kein Bier bestellt“, versuchte ich es mit der Wahrheit, doch wen interessierte das, wenn der Gegenwert zur Wahrheit dreiundsechzig Euro betrug.

„Vierzehn Bier von andere Leute“, präzisierte der Geschäftsführer des Chic-Schnack seine Ausführungen. „Ein Bier is viereurofumzig, macht summasagischmasorum dreiundsechzig. Gibst du die Geld, und dann nix wie raus. Prügel hast schon von meine Kollege bekommen.“

Soso, Kollegen waren das. Dieser Schmierlappen hing also mit drin. In Anbetracht des Küchenmessers verzichtete ich auf weitere Gegenargumente, durchwühlte genervt meine Hosentaschen und kramte zwei zerknitterte Fünfziger hervor. Abermals hellten sich die Gesichtszüge meines Gegenübers spürbar auf. Der Pakistani entriss mir die Scheine und übergab sie mit emotionsloser Miene seinem Chef.

„Danke für Trinkgeld“, sagte dieser spöttisch und verstaute die Kohle in einem anderen Schuhkarton. Einem Schuhkarton voller Scheine, soweit ich das aus meiner Perspektive erkennen konnte.

„Und dann Lokalverbot“, fügte er abschließend hinzu, bevor er sich wieder zur Gänze seinem Tischrechner widmete. Eigentlich hatte ich nicht vorgehabt wiederzukommen. In Anbetracht dieser Schmach und knapp vierzig Euro Trinkgeld würde es sich aber wohl nicht vermeiden lassen.

Die Nacht empfing mich wie eine nasse Katze. Es regnete direkt in meine Seele. Weil ich Hunger hatte, gönnte ich mir mit dem letzten Kleingeld einen Döner und stapfte missmutig die Berger Straße entlang. Schon nach den ersten zwei Bissen brachen die Dämme des aufgeweichten Fladenbrots, und die Knoblauchsoße verteilte sich großzügig über meiner Jacke. Einen Döner im Gehen zu essen hat etwas Entwürdigendes. Aber genau darum geht es in solchen Momenten: die Zurschaustellung der eigenen Demütigung. Aus Mangel an Publikum klatschte ich selbstzufrieden in die eigenen Hände. Mittlerweile war es kurz nach drei. Am Uhrtürmchen entsorgte ich die Reste meines Nachtmahls samt einem faustgroßen Batzen Alufolie im Briefkasten eines Veganerladens.

Vor dem *Bad Vibes* schlief der um tausend Jahre zu spät geborene Vollidiot von vorhin in einem Plastikstuhl den Schlaf der Gerechten. Ein Zipfel seiner Narrenkappe baumelte ihm dicht vor der Nase. Die Hellebarde hatte er vermutlich schon vor Stunden fallen lassen. Woher auch immer ein Großteil der Menschheit das Selbstverständnis bezog, sich als intelligente Lebensform zu begreifen, blieb mir ein Rätsel. Ich lugte vorsichtig durch die Tür. Sandy war offenbar gerade im Keller. Jetzt musste es schnell gehen. Kanonen-Robert hing über dem

Tresen wie ein vergessenes Badehandtuch auf einem Liegestuhl in Phuket. Weil er auf meine Begrüßung nicht reagierte, löste ich sein Bier aus der Trinkhand und kippte ihm den Inhalt in einem Schwung über den Kopf. Binding-Tsumani, dachte ich und trat sicherheitshalber einen Schritt zurück. Die Flutwelle sorgte dafür, dass er binnen weniger Sekunden wieder voll da war.

„Hey! Solln das!", zeterte er mich an und shampoonierte sich den Schaum in die nicht vorhandene Frisur.

„Reg dich ab, ist gut fürn Haarwuchs", erklärte ich einfühlsam und zog ihn am Ärmel vom Barhocker in Richtung Ausgang. „Komm mit, bevor Sandy mich hier sieht. Wir haben was zu erledigen."

„Wasn erledigen?", fragte er unwillig. Da mir das alles zu umständlich wurde, packte ich ihn am Revers und schob ihn wie ein sperriges Stück Frachtgut vor mir her. „Einen Auftrag!", fügte ich draußen in aller Strenge hinzu. „Schon vergessen? Du arbeitest bei mir."

„Wasn fürn Auftrag?"

„Erzähl ich dir alles auf dem Weg."

„Meine Kippen?", intervenierte er klagend.

„Sind leer", retournierte ich diesen Einwand. „Deine Kippen sind immer leer. Seit Jahren. Hier, nimm eine von mir, und dann los." Wie immer in solchen Situationen griff er dankbar zu. „Wasn jetzt fürn Auftrag?"

„Hat mit der Schutzgeldsache zu tun", erklärte ich knapp und schritt eilig voran. Der Ex-Stuntman trottete schwerfällig hinter mir her.

Im Chic-Schnack waren alle Lichter erloschen. Mittlerweile war es fast vier und selbst die Berger Straße so gut wie menschenleer. Einzig ein betrunkener Punk wartete in einer Lache

Erbrochenem noch auf milde Spenden. *Habe großen Durst*, stand auf dem Pappschild zu seinen Füßen. Für die nächsten Stunden schien zumindest dieses Problem vorübergehend gelöst zu sein, denn er schlief tief und fest. Kanonen-Robert klammerte sich hilfesuchend an einem Laternenpfahl fest und betrachtete das dunkle Haus mit ratloser Miene.

„Solln wirn hier?“, fragte er verwirrt. „Hat doch schon zu.“

„Eben“, konterte ich diesen Einwand und kramte einen Dietrich aus meiner Jackentasche. „Genau deshalb sind wir hier. Ich muss da kurz rein. Alles, was du machen musst, ist, die Gegend im Auge zu behalten. Hast du dein Handy dabei?“

„Logo.“

„Gut, dann ruf mich an, falls dir irgendwas Verdächtiges auffällt.“

„Mach ich“, sagte er und blickte sich teilnahmslos um. „Hast du noch ’ne Kippe für mich?“

„Hier“, sagte ich und überreichte ihm das angebrochene Päckchen. „Teil sie dir gut ein, ich hol erst morgen neue.“

„Danke.“

„Schon okay“, wiegelte ich ab und klopfte ihm sachte auf die Schulter.

„Willstn eigentlich da drin?“, fragte er abschließend.

„Geld holen“, antwortete ich wahrheitsgemäß und lief in den dunklen Hinterhof.

Fünfzehn

Verschlossene Türen. Jeder Privatdetektiv steht irgendwann vor diesem Problem. Das Standardwerkzeug: der Dietrich. Ein kleines, gebogenes Stück Metall mit stabilem Griff. Samt Lederetui ein Materialwert von knapp zwei Euro. Erhältlich in allen Eisenwarengeschäften oder direkt bei OBI. Die Grundausstattung aller Film- und Fernsehdetektive. Ein kurzer Griff in die Jackentasche, gefolgt von einem unauffälligen Schulterblick. Den Dietrich sanft in das Schloss einführen, zwei, drei kurze Umdrehungen, erneuter Blick über die Schulter, Tür auf und rein ins Vergnügen. So oder ähnlich läuft das in jedem Film. Seit Anbeginn der Fernsehgeschichte und vermutlich bis in alle Ewigkeit. Falls Ihnen das nie merkwürdig vorkam, lassen Sie sich eins gesagt sein: SO FUNKTIONIERT DAS NICHT! Und ich meine nicht die Sache mit dem Schulterblick. Daran scheitert es selten. Die Wahrheit ist ebenso unangenehm wie unpraktisch: Verschlossene Türen sind vor allem eines: verschlossen. Und genau das bleiben sie. Jeder, der in seinem Leben mal einen Schlüsseldienst gerufen hat, weiß das. Und jetzt kommen Sie mir nicht mit der Kreditkartennummer. Alles, was man damit anfangen kann, ist, die horrende Rechnung des Schlüsseldienstes zu bezahlen, dessen brachiale Methoden tiefe Wunden in jeden vernünftigen Finanzhaushalt reißen. Warum ich es trotzdem zuerst mit einem Dietrich probierte, war allein meiner Gabe geschuldet, dieses Wissen für fünf Minuten komplett ausblenden zu können. So wie andere Leute Woche für Woche einen Lottozettel ausfüllen und dabei ignorieren, dass dieser rein symbolische Akt stets

Geld kostet, aber nie Geld einbringt. Außerdem fiel mir im Moment keine wirklich fundierte Geschichte ein, die ich dem Schlüsseldienst erzählen konnte, um zu begründen, was ich um vier Uhr morgens in einem stadtbekannten Szenetreff zu suchen hätte. Wie zu erwarten, scheiterte ich also kläglich mit Dietrich und Tür. Von ein paar kleinen Kratzern abgesehen, blieb das Schloss, wie es war. Weil ich es eilig hatte, schlug ich das kleine Fenster neben der Tür mit meinem Schuh ein, zog es auf und zwängte mich durch die schmale Öffnung in das dunkle Treppenhaus. Im ersten Stock dann die nächste Tür. Diesmal warf ich mich gleich mit der Schulter dagegen. Zu meiner Überraschung sprang sie sofort auf. Manche Sachen klappen selbst in meinem Leben auf Anhieb. Es war stockdunkel. Irgendjemand hatte die Rollos heruntergelassen, also konnte ich ohne Risiko Licht machen. Das Büro sah nicht anders aus, als ich es in Erinnerung hatte. Bis auf den schmierigen Geschäftsführer war alles an seinem Ort. Schuhkartons und Tischrechner. Billige Büroutensilien in einem Wust aus abgelegtem Papier. Zielsicher zog ich einen der Schuhkartons aus dem Regal. Bingo. Allesamt zerknitterte Fünfziger. Ich griff einmal beherzt zu. Zwei Scheine wanderten in meine Jeans, den Rest wollte ich Sandy geben. Der Herr hat's gegeben, der Herr hat's genommen. Eigentlich war damit alles erledigt, doch wie so oft verpasste ich den richtigen Zeitpunkt zum Absprung. Denn auch die anderen Schuhkartons bargen Geld. Ein bunter Mix aus Scheinen, sorgsam mit Gummiringen zu kleinen Röllchen fixiert. Überwiegend braun, rot, gelb. Fürst Pückler hätte seine wahre Freude gehabt. An jedem Bündel klemmte ein handbeschriebener Notizzettel. Kryptische Folgen aus Zahlen und Buchstaben, mit denen ich nichts anfangen konnte. Die Schreibtischschubladen waren verschlossen. Ebenso verhielt es sich mit dem einzigen Schrank, der neben der Tür stand. Ich verstaute die Kartons wieder im Regal, als mich ein Geräusch aus dem Treppenhaus schlagartig zur Salzsäule erstarren ließ. Es dauerte eine Ewigkeit, bis mich die Gewissheit, nicht alleine im Gebäude zu sein, wieder handlungsfähig machte. Aus Mangel an Alternativen schnappte ich mir den Tischrechner vom Schreibtisch und drückte mich eng gegen die Wand der noch immer offen stehenden Tür. Unaufhaltsam näherten sich die Schritte. Vorsichtig hob ich den Arm, bereit zuzuschlagen, wer auch immer dort die feindlichen Linien übertrat. Mein Atem war flacher als Holland.

„Kurt, bistn du?"

Im selben Moment krachte der Tischrechner gegen Kanonen-Roberts Schläfe. Sein Körper sackte in sich zusammen wie ein Soufflee in kalter Zugluft. Scheiße, dachte ich und beugte mich mit einer Mischung aus Erleichterung und Entsetzen über meinen angeschlagenen Praktikanten. „Verdammte Axt, solltest du nicht draußen Schmiere stehen?"

Kanonen-Robert schwieg. Dagegen war nichts einzuwenden. Die Frage war nur, wie ich ihn hier unbeobachtet wieder rausbekam.

Sechzehn

„Hey, pass doch auf!“

„Stell dich nicht so an. Es wäre entschieden einfacher, wenn du allein laufen könntest.“

„Wo sind wir?“

„Gleich da. Im Büro. Und jetzt reiß dich zusammen. In zwei Stunden musst du arbeitsfähig sein.“

„Arbeitswas? Mein Kopf tut weh.“

„Zu viel getrunken“, wiegelte ich ab und zog Kanonen-Robert energisch in den Hausflur.

„Woher kommt die Beule?“

„Gestoßen. Am Türrahmen im *Bad Vibes.*“

„Oh Mann. Wie viel Uhr haben wir?“

„Fünf durch.“

„Scheiße, mir fehlen fast zwei Stunden. Kann mich irgendwie an nichts erinnern.“

„Ist vermutlich besser so.“

„Wenn du meinst.“

Ich meinte. Manchmal ist Alkohol tatsächlich die Lösung aller Probleme. Ich legte den angeschlagenen Ex-Stuntman auf meiner Besuchercouch ab und kochte einen Kaffee, an dem sich selbst Steve Martin in *Tote tragen keine Karos* noch ein Beispiel nehmen konnte.

„Puahh! Was ist das denn?“

„Kaffee.“

„Untrinkbar!“

„Hier“, sagte ich und reichte Kanonen-Robert einen Löffel. „Probier's damit.“ Zu meinem Erstaunen löffelte er die zähflüssige Masse widerspruchslos aus. Weil ich kein Unmensch bin, legte ich noch einen kleinen Flachmann Jägermeister drauf. „Für den Magen“, erklärte ich und komplettierte meine Gastgeberqualitäten, indem ich eine bereits brennende Gauloises kredenzte. Langsam kam wieder so etwas Ähnliches wie Farbe in sein Gesicht, auch wenn es sich nur um zarte, kaum wahrnehmbare Pastelltöne handelte. Nun galt es zum Punkt zu kommen, bevor er, dem üblichen Verhaltensmuster folgend, nach mehr Alkohol verlangte.

„Wieder fit?“, fragte ich der Form halber und beantwortete die Frage gleich selbst, indem ich feststellte „Siehst schon viel besser aus.“

„Geht so“, kam es mit matter Stimme zurück.

„Na siehste“, retournierte ich und klopfte ihm sachte auf die Schulter. „Dann lass uns losfahren. Wär doch blöd, wenn du gleich am ersten Tag zu spät kommst.“

„Zu spät? Wohin?“

„Schon vergessen? Die Messebaufirma in Offenbach. Mann, das hab ich dir doch alles erklärt. Die hängen da mit drin. Da bin ich mir absolut sicher. Wer soll das Bild denn sonst entfernt haben? Ich bin da irgendwie nicht weitergekommen. Verschworene Gemeinschaft. Von daher hab ich sofort an dich gedacht. Mein bester Mann. Den Blaumann mit der Adresse hab ich dir doch schon gegeben. Wo ist das Ding eigentlich?“

„Keine Ahnung.“

„Nicht schlimm. Ich fahr dich hin. Alles, was du tun musst, ist, dich unauffällig umzusehen. Erwähn aber bloß meinen Namen nicht. Ansonsten ’ne Kleinigkeit. Einer wie du macht das mit links. Und danach schreiben wir deiner Trunsel vom Arbeitsamt ’ne gepfefferte Beurteilung.“

„Ehrlich?“

„Wenn ich's sage. Und jetzt komm. Die Sonne geht schon auf."

Der Volvo stank wie ein frisch exhumierter Sarg. Kanonen-Robert war auf dem Beifahrersitz eingeschlafen, sodass er meine Fragen bezüglich der Ursache dieses infernalischen Miefs nicht beantworten konnte. Wenigstens stellte er keine weiteren Fragen. Erst auf Höhe der Mühlheimer Straße begann ich, zaghaft an ihm zu rütteln.

„Hey, wach auf. Wir sind gleich da."

„Wo?"

„Da vorne ist die Einfahrt. Ich setz dich an der Tankstelle da vorne ab. Du brauchst doch bestimmt noch Kippen."

Er nickte zögernd.

„Gut, dann sind wir so weit klar. Hier sind zwanzig Euro für eventuell anfallende Spesen. Hau nicht gleich alles auf den Kopf." Ich bremste und brachte den Schweden direkt vor dem Minimarkt der Tankstelle zum Stehen. „Und besorg dir 'ne Rolle Pfefferminz. Apropos: Weißt du, warum das Auto so stinkt?" Der Ex-Stuntman schälte sich mühsam aus dem Beifahrersitz. Erst nachdem er die Tür geöffnet und seine Gliedmaßen sortiert hatte, drehte er sich noch einmal um und deutete in Richtung Kofferraum.

„Das Wildschwein", sagte er knapp und verschwand erstaunlich flink zunächst im Minimarkt und daselbst hinter einer mit Herrenmagazinen bestückten Regalwand.

Wildschwein? Was für ein Wildschwein?, fragte ich mich und blickte ihm verständnislos nach. Erst auf Höhe des Mainufers traf mich die Erkenntnis wie ein Blitz aus heiterem Himmel. Mit quietschenden Reifen lenkte ich den Schweden auf den Mainuferparkplatz und brachte ihn dort unter dem Protest einer Schar erregt schnatternder Gänse erneut zum

Stillstand. Es gibt Situationen, auf die einen das Leben nicht wirklich vorbereitet. Der Anblick eines ausgebluteten Keilers gehört definitiv dazu.

Angewidert warf ich die Wolldecke wieder über den modrigen Tierkadaver. Was immer Kanonen-Robert an seinem ersten Arbeitstag in Offenbach erwartete: Ich würde mir etwas ungleich Schlimmeres für ihn ausdenken.

Siebzehn

Wider Erwarten fiel ich schnell in einen fast traumlosen Schlaf. Sieben Stunden auf Standby, dann brachte mich das hartnäckige Schrillen des Telefons wieder unsanft in die Wirklichkeit zurück. „Herr Bratfisch?", röhrte es mir aus dem Hörer entgegen. „Oberkommissar Hübner!" Scheiße, die Bullen. Sofort musste ich an das Wildschwein denken.

„Mmmmh."

„Wir brauchen Sie hier."

„Was?"

„Stellen Sie keine blöden Fragen, und schwingen Sie Ihren Arsch ins Präsidium. Ich gebe Ihnen eine halbe Stunde, dann rücken wir mit vollem Aufgebot bei Ihnen an. Ohne vorher zu klingeln. Haben wir uns verstanden?"

„Mmmmh."

„Gut." Dann beendete ein Tuten das Gespräch.

Mir war schlecht. Das Wildschwein und Hübner, eindeutig zu viel für meinen sensiblen Magen. Um weitere Verunreinigungen meines Wagens zu vermeiden, verzichtete ich auf den Volvo und nahm den Bus. Am Empfang des Polizeipräsidiums wurde ich bereits sehnlichst erwartet. Keine zwei Minuten später saß ich in einem Büro, umringt von erwartungsfrohen Gesichtern. Dick und Doof hatten Verstärkung in Form einer unfassbar attraktiven Blondine bekommen. Falls das hier länger dauern sollte, konnte ich immer noch versuchen, dieses Wunder der Schöpfung für meine Detektei abzuwerben.

Die Blondine zog sich einen Stuhl zurecht und rückte eng über den Schreibtisch an mich heran. Der obere Knopf ihrer

Bluse stand so offen wie mein Mund. Dann drückte sie auf die Aufnahmetaste eines Tonbandgeräts und strich sich sanft eine Haarsträhne aus dem Gesicht. Sie hätte alles sagen können. Gebannt lauschte ich den zarten Schwingungen ihrer wohltemperierten Stimme. „Vernehmungsprotokoll im Mordfall Kleemann. Mittwoch, 8. April 2008, dreizehn Uhr vierundzwanzig. Anwesend sind Polizeikommissar Stuckmann, Polizeioberkommissar Hübner sowie die Leiterin der Soko Hiob, Polizeihauptkommissarin Virgina Schneider. Als Zeuge geladen ist Kurt Bratfisch. Herr Bratfisch …"

„Wenn ich Sie Virgina nennen darf, dürfen Sie das Herr vor dem Bratfisch gerne weglassen." Dieses Angebot brachte sie für den Bruchteil einer Sekunde aus dem Konzept. Sie überspielte die kleine Unsicherheit mit der Bändigung einer weiteren Haarsträhne und redete dann weiter. „Herr Bratfisch …"

„Virgina", säuselte ich traumverloren vor mich hin.

„Um wie viel Uhr genau haben Sie die Wohnung von Herrn Dr. Kleemann betreten?" Meine Gedanken drifteten durch den Orbit unerreichbarer Glückseligkeit in ein tiefes schwarzes Loch.

„Herr Bratfisch?"

„Mmmmh."

„Fühlen Sie sich gut? Haben Sie meine Frage verstanden?"

„Welche Frage?"

„Ich habe Sie gefragt, wann Sie die Wohnung des Opfers betreten haben. Wenn Sie sich nicht wohlfühlen, können wir Sie auch von einem Amtsarzt untersuchen lassen." Das war deutlich genug, um mich wieder in die Realität zurückfinden zu lassen.

„Nein, ausgezeichnet. Es geht mir gut. Aber danke, dass Sie sich Sorgen machen …"

„Dann beantworten Sie bitte meine Fragen."

„Ihre Fragen. Kein Problem. Nur bringt uns das auch nicht weiter. Ich habe bereits alles zu Protokoll gegeben. Verkürzen wir die Sache und gehen einfach irgendwo nett einen Kaffee trinken. Was halten Sie davon? Kaffee. Nur wir zwei. Ich kenne da einen ganz ausgezeichneten Laden. Gar nicht weit. Haben Sie je darüber nachgedacht, in eine Detektei einzusteigen? Ich wüsste da was für Sie. Ich erkenne Talent, wenn ich es sehe. Auf einen Blick. Und Sie haben Talent. Jede Menge ..."

„Schluss jetzt!", blaffte sie mich unvermittelt an und schlug ihre Beine übereinander. „Sparen wir uns das Geplänkel und kommen gleich zum Punkt." Nichts anderes hatte ich vor, nur lagen unsere Punkte noch weit auseinander, viel zu weit. Der ewige Gegensatz zwischen Männern und Frauen. Virgina Schneider beugte sich abermals weit nach vorn. Vermutlich ziehen Gegensätze sich tatsächlich an. In diesem Fall hatte ich nichts dagegen. „Herr Dr. Kleemann war Ihr Klient. Worum ging es dabei?"

Um nichts Falsches zu sagen, zuckte ich erst mal nur mit den Schultern. Es folgte ein Moment knisternder Spannung, bis sich einer ihrer Kollegen aus dem dämmrigen Schatten der Wand löste, in sein Jackett griff und mir ein Foto des verschwundenen Schumachers vor die Nase hielt. Ich sah buchstäblich Schwarz. Der Sichtkontakt zu Polizeihauptkommissarin Virgina Schneider war auf dramatische Weise unterbrochen.

„Das Bild", sagte sie schließlich, ohne dass ich ihr dabei in die Augen gucken konnte. „Es ging um den Hiob."

Ich schwieg und wartete geduldig ab, bis das Foto wieder aus meinem Sichtfeld verschwand. Wie konnte eine dermaßen attraktive Frau nur bei den Bullen landen?

„War Herr Kleemann tatsächlich so naiv, Sie mit der Suche nach diesem Gemälde zu beauftragen?"

Ich beschloss, in die Offensive zu gehen. Außerdem besaß ich einen reichen Schatz schlechter Erfahrungen, wenn es darum ging, Frauen ins Gesicht zu lügen. „Die wirklich spannenden Fälle landen alle bei mir“, hob ich selbstsicher an und rückte ihr nun ebenfalls provokativ entgegen. Ihr Parfum traf mich wie eine Wand. Sandelholz, Vanille, Portwein, Barry White und Sade. Vom plötzlichen Sinnesoverkill übermannt, sackte ich gefechtsunfähig in die mit strengem Leder bespannte Lehne des Vernehmungsstuhls zurück und rang verzweifelt nach frischer Luft. Diese Runde ging eindeutig an sie. Ein mildes Lächeln bedeutete mir, dass Frau Schneider das genauso sah.

„Gut“, stellte sie mit einem selbstzufriedenen Blick fest. „Dann wissen Sie sicher, was jetzt folgt.“

„Wir gehen Kaffee trinken?“, versuchte ich es mit einem letzten Rest Hoffnung und Selbstvertrauen.

„Nein, Sie gehen nach Hause, allein. Und da bleiben Sie, kümmern sich um entlaufene Katzen und Ehemänner, oder womit Sie sich sonst so die Zeit vertreiben. Dieser Fall ist für Sie gestorben. Und tun Sie mir und sich selbst den Gefallen, sich an diese Anweisung zu halten. Ich bin es gewohnt, die Dinge nur einmal beim Namen zu nennen.“ Mit diesen Worten erhob sie sich aus ihrem Stuhl und stolzierte erhobenen Hauptes in Richtung Tür. Bevor sie aus meinem Leben verschwand, wandte sie sich noch kurz einem ihrer bis dato stummen und ebenso beeindruckten Kollegen zu. „Klaus, sei bitte so nett, und bring die Sache hier zügig zu Ende. Wir sehen uns um 15 null null zur Lagebesprechung.“ Dann fiel die Tür mit einem leisen Klacken hinter ihr ins Schloss. Eine Weile blieb es still, bis sich auch die Aura der Dienststellenleiterin langsam verflüchtigt hatte. Anstelle von Virgina Schneider hatte ich es nun wieder mit dem haarigen Hünen zu tun. Der Kontrast hätte größer nicht sein können.

„Herr Bratfisch“, begann er mit der sonoren Stimme eines engen Vertrauten.

„Klaus“, erwiderte ich.

Sein Faust donnerte hart auf das unschuldige Resopal des Schreibtischs.

Achtzehn

Polizeiverhöre haben auf mich immer denselben Effekt: Durst. Wie ferngesteuert leiteten mich meine Schritte zur Trinkhalle am Adlerflychtplatz. Dort gab es alles, was man sich in meiner Lage nur wünschen konnte. Stehtische, umsäumt von knospenden Laubbäumen. Eiskaltes Binding Export und einen Kioskbesitzer, der wusste, wann er zu schweigen hatte. Ich trank und ließ meinen Gedanken freien Lauf. Das sollte es nun also gewesen sein. Die Warnung war unmissverständlich. Ich kannte die Bullen. Am Ende würden sie mir die Sache noch selbst in die Schuhe schieben. Der Hiob, einfach eine Nummer zu groß. Zwei auf drei Meter, wenn ich mich richtig erinnerte. Vielleicht hätte ich mich mit einem kleineren Bild leichter getan. Andererseits musste es gerade wegen seines Formats eine Fülle von Hinweisen geben. Ein so großes Gemälde konnte unmöglich vollkommen unbemerkt einfach verschwinden. Vielleicht fand Kanonen-Robert in Offenbach ja tatsächlich etwas heraus. Der Gedanke an meinen Praktikanten führte unweigerlich zum sofortigen Bedürfnis nach Schnaps. „Einen Jägermeister", rief ich dem Betreiber zu und musste unwillkürlich sofort wieder an das Wildschwein in meinem Kofferraum denken. Auch ein Problem, für das ich noch keine Lösung gefunden hatte. Die Sache begann, mir über den Kopf zu wachsen. Der Kräuterschnaps breitete sich in mir aus wie ein wärmender Flokati auf kühlen Fliesen. Ich sortierte die Begriffe Wildschwein und Schutzgeld zunächst aus und konzentrierte mich ganz auf die wesentlichen Elemente des Falls. Das verschwundene Bild, der Mord an Kleemann und die bereits in Erfüllung gegangene Warnung „Es wir dir bald sehr schlecht gehen“. An irgendeinem dieser Punkte musste ich ansetzten. Ein zweites Binding Export wanderte über den Tresen. Der Kioskbetreiber konnte offensichtlich meine Gedanken lesen, zumindest schob er mir ungefragt eine bereits geöffnete Flasche entgegen. Jahrelange Erfahrung hatte ihn mit beinahe telepathischen Fähigkeiten ausgestattet. Davon konnte ich in meinem Job nur träumen. Ich kramte nach einer Handvoll Kleingeld in meiner Jeans und stieß auf etwas Hartes. Die Schlüssel zu Dr. Kleemanns Wohnung. Ich schaute auf die Uhr und begann innerlich zu grinsen. Viertel nach vier. Die Mordkommission hatte sich längst in den wohlverdienten Feierabend verabschiedet. Es wurde Zeit zu handeln. Zwei Bier und ein Schnaps hatten die Wirkung von Virgina Schneiders Drohgebärden verschwinden lassen wie Photoshop die Falten auf einem Wahlplakat von Petra Roth. Gut gelaunt machte ich mich auf den Weg.

In einem Sanitätshaus auf der Leipziger Straße erstand ich ein Päckchen Einweghandschuhe. Auch wenn die Wohnung meines Ex-Klienten bereits mit meinen Fingerabdrücken übersät war, konnte ich mich nicht dazu durchringen, auf eine hauchzarte Schicht Latex zu verzichten. Warum, konnte ich selbst nicht sagen. Sicherheit ist eine subjektive Empfindung. Ein Fall für zwei, dachte ich und streifte mir die Dinger über. Irgendwann musste ich damit aufhören, drittklassige Vorabendserien des ZDF als Fortbildungsmaßnahme zu begreifen.

Das Siegel an Dr. Kleemanns Wohnungstür stellte kein wirkliches Hindernis dar. Ich ignorierte die mahnende Aufschrift der Polizei und riss den Falz mit der Kante meiner EC-Karte auf. Ihr sinnvollster Einsatz in den letzten drei Monaten. Die Wohnung war mir noch in bester Erinnerung. Papier, so weit das Auge reicht. Vorsichtig trat ich ein und ließ die

Wohnungstür sanft hinter mir ins Schloss fallen. Irgendwo in diesem Chaos musste sich etwas verbergen, was mir weiterhalf. Weil ich von Systematik nichts verstand, vertraute ich ganz dem Zufall. Wie sehr einen das eigene Vertrauen enttäuschen kann, sollte ich in den nächsten zwei Stunden erfahren. Es war die reinste Hölle. In Schubladen und Schränken staute sich der Papierkram eines Menschen, der anscheinend nie etwas weggeschmissen hatte. Mit den Hinterlassenschaften aus Kleemanns Wohnung hätte man ohne Not eine komplette Wochenendauflage der FAZ drucken können. Die Kontoauszüge wiesen keinerlei Unregelmäßigkeiten auf, ansonsten beschränkten sich meine Funde auf eine Großbestellung erotischer Kunstdrucke bei Weltbild und die Mitgliedsbescheinigung des Sossenheimer Bundes für Freikörperkultur. Tiefere Abgründe schien es in Dr. Kleemanns Leben nicht zu geben. Als ich mich erschöpft in einen Sessel fallen ließ, richtete sich meine Aufmerksamkeit auf ein Regal, das von der Decke bis zum Boden mit sorgsam beschrifteten Leitz-Ordnern bestückt war. Alphabetisch geordnet und farblich sortiert. Vierte Reihe von oben. Buchstabe H. Hausverwaltung, Handyverträge, Hiob. Bingo. Manchmal sind es die Pausen, die einen im Leben weiterbringen.

Ich zog den Ordner aus dem Regal und nahm erneut auf dem alten Sessel Platz. Aufgeregt begann ich zu blättern. Die ersten Seiten bestanden aus den Kopien eines Briefwechsels zwischen Kleemann und der Familie Schumacher. Hauptsächlich ging es dabei um die Formalitäten der Leihgabe des Hiob an die Stadt. Mein Ex-Klient hatte wirklich nichts unversucht gelassen, das Gemälde nach Frankfurt zu holen. Anfänglich hatte sich die Familie des Künstlers noch gesträubt, der Beharrlichkeit des Kunstkenners Kleemann jedoch irgendwann nachgegeben und dem Ortswechsel zugestimmt. Ein

Kaufangebot hatte die Stadt Frankfurt Anfang der achtziger Jahre ausgeschlagen. Um welche Summe es dabei ging, ließ sich den Dokumenten leider nicht entnehmen, doch waren der Stadt angesichts des kostenverschlingenden Wiederaufbaus der Alten Oper die Hände gebunden. So lautete zumindest die offizielle Begründung. Ich hielt es für wesentlich wahrscheinlicher, dass man es im Römer schlichtweg nicht einsah, ein paar hunderttausend Mark in ein überwiegend schwarzes Bild zu investieren, auch wenn die Entscheidungsträger dieser Farbe gegenüber sicherlich nicht unaufgeschlossen waren. Im Jahr 1989 einigte man sich schließlich auf das Arrangement einer Leihgabe, die zunächst auf zehn Jahre befristet wurde, jedoch in jährlichen Abständen optional verlängert werden konnte. Die Familie behielt es sich vor, über den Standort des Gemäldes selbst bestimmen zu können und legte sich auf den Dom fest. Transporte oder kurzfristige Ausleihen an andere Museen waren somit ausgeschlossen. Wer den Hiob sehen wollte, musste in den Dom. Dass diese Schlussfolgerung auch umkehrbar war, zeigten die nächsten Seiten in aller Deutlichkeit. Wütende Briefe aufgebrachter Bürger forderten vom sofortigen Umzug bis zur Zerstörung des Bildes so ziemlich alles. Hauptsache, der Schandfleck verschwand wieder dahin, wo er hergekommen war. Denn wer in den Dom wollte, kam an Schumachers Hiob nicht mehr vorbei. Die Volksseele kochte. Langsam wurde mir klar, warum man das Gemälde in fünf Metern Höhe angebracht hatte. Eine Sicherheitsmaßnahme, die angesichts der hasserfüllten Tiraden wohl alternativlos war. Moderne Kunst im Frankfurter Dom. Zwei Puzzleteile, die so gut zueinander passten wie Thilo Sarrazin in eine Moschee. Der Hiob bedeutete Ärger. Daran hatte sich bis zum heutigen Tag nichts geändert.

Im Laufe der Jahre versandete der Zorn zwar ein wenig,

kam aber in aller Regelmäßigkeit wie ein lange vergessenes Echo zurück. Warum Dr. Kleemann mir von diesen Drohbriefen nichts erzählt hatte, blieb mir ein Rätsel. Offenbar hielt er den Inhalt für blanke Spinnerei. Der letzte Brief war laut Poststempel im Januar dieses Jahres bei ihm eingegangen. Dabei war er seit Jahren pensioniert. Offenbar waren diese Spinner wirklich nachtragend. In seiner Manie, selbst jedes noch so unwichtige Schriftstück vor dem Altpapier zu bewahren, hatte Kleemann sich selbst von den Umschlägen nicht trennen können. Ich faltete den Briefbogen auf und überflog den Text. Der letzte Satz sprang mir sofort ins Auge.

Volltreffer.

Ich nahm das Pamphlet an mich und stellte den Ordner zurück ins Regal. Die unbändige Lust nach einer Zigarette trieb mich nach draußen.

Neunzehn

Hiobsbotschaft

Ausgelöscht sei der Tag, an dem Schumachers Schandmal das helle Licht der heiligen Kirche verfinsterte. Finsternis und Dunkel sollen dich überwältigen und düstere Wolken über dir bleiben, solange das bösartige Geschwür nicht entfernt und in alle Ewigkeit verdammt ist. Das Feuer Gottes wird über dich kommen und dich mit der Schärfe des Schwertes bestrafen. Denn was du fürchtest, wird über dich kommen, und wovor dir graut, wird eintreffen. Du wirst keinen Frieden, keine Rast, keine Ruhe finden. Das Totenreich ist aufgedeckt vor dir, und der Abgrund hat keine Decke. Selig ist der Mensch, den Gott zurechtweist, darum widersetze dich der Zucht des Allmächtigen nicht. Entferne das Schandmal oder:

ES WIRD DIR BALD SEHR SCHLECHT GEHEN.

Wieder und wieder las ich diesen hirnverbrannten Unfug, in der Hoffnung, dabei auf irgendeinen Hinweis zu stoßen. Ich rauchte und stocherte unkonzentriert in einem Haufen Nudeln herum, den man mir im Thai-Imbiss um die Ecke meines Büros als „Spezialität des Hauses“ angedreht hatte. Obwohl ich eigentlich Hunger hatte, brachte ich keinen Bissen herunter. Es wird dir bald sehr schlecht gehen. Seitdem mir dieser Satz wie eine Endlosschleife im Hirn herumgeisterte, hatte ich einfach keinen Appetit mehr. Angewidert schob ich die dampfende Aluschale zur Seite und widmete mich wieder ganz dem Brief. Weder Absender noch Anrede. Auch der Umschlag war blütenweiß. Die Adresse Kleemanns per Computer aufgedruckt. Scheiß Computer, dachte ich und sehnte mich in jene Zeit zurück, in der man Briefe noch anhand der Typen einer Schreibmaschine zuordnen konnte. All diesen vergangenheitsverklärenden Gedanken zum Trotz gab ich kurz darauf Fragmente des Briefes bei Google ein und landete prompt einen Treffer: Große Teile des Briefes waren direkt oder in leicht abgeänderter Form der Bibel entnommen! Ich schüttelte fassungslos den Kopf, als ich mich durch die entsprechenden Abschnitte klickte. Altes Testament, Lehrbücher und Psalmen.

Das Buch Hiob.

Erst Bild, dann Botschaft und nun Buch.

Der Hiob begann, mir gehörig auf den Geist zu gehen.

Die Haustür meiner Nachbarin öffnete sich nur um wenige Zentimeter, bis sie von einem kleinen silbernen Kettchen zurückgehalten wurde. Kurz darauf erklang eine krächzende Stimme und verlangte streng nach meinem Ausweis.

„Frau Hilmers! Ich bin es. Kurt Bratfisch. Ihr Nachbar“, entgegnete ich überaus deutlich artikulierend und wartete geduldig auf eine Reaktion.

„Wer?“, kam es noch um einige Dezibel lauter zurück.

„IHR NACHBAR! KURT BRATFISCH!“, brüllte ich und wich dem Stock, der sich unvermittelt auf Höhe meines Geschlechts durch den Türspalt geschoben hatte, gerade noch rechtzeitig aus.

„Deswegen müssen Sie mich ja nicht anschreien“, stellte die alte Dame in aller Sachlichkeit fest und befreite die Tür von ihren Fesseln. „Springt Ihr Auto wieder nicht an?“

„Nein. Dem Auto geht’s prima.“

„Wo ist denn der nette junge Mann?“

„Welcher Mann?“

„Ihr Chef."

„Mein was? Das muss ein Missverständnis sein. Sie meinen sicherlich Robert. Er macht lediglich ein Praktikum ..."

„Schämen Sie sich nicht. Wir haben alle mal klein angefangen", würgte Frau Hilmers meinen Erklärungsansatz ab und ließ ihren Stock abermals bedrohlich vor meiner Libido kreisen. „Was führt Sie zu mir? Ich koche gerade ein Huhn aus und habe nicht ewig Zeit."

„Hätten Sie eine Bibel für mich?", fragte ich, um die Sache abzukürzen.

„Eine Zwiebel?"

„Nein, eine Bibel. Das Buch. Ich müsste nur kurz etwas nachschlagen."

Frau Hilmers strafte mich mit verachtungsvollen Blicken. Dann trat sie einen Schritt zurück und wies mir mit Hilfe des Stocks den Weg in die Wohnung. „Die Jugend von heute ...", murmelte sie kopfschüttelnd vor sich hin. „Sie haben doch noch so viel Zeit."

Ich nickte ihr vertrauensvoll zu und verschwand im Wohnzimmer. Obwohl die Wohnung vollgerümpelt war wie ein orientalischer Basar, entdeckte ich die Bibel auf einen Blick: Es war das einzige Buch in einem von Hummelfiguren dominierten Regal. Lächelnd kehrte ich mit meiner Beute in den Flur zurück. „Danke", sagte ich und strich sanft über den staubigen Einband. „Ich bringe sie Ihnen morgen wieder vorbei."

„Was fott is, is fott", erwiderte Frau Hilmers altersgemäß gelassen. „Isch habb des Ding von meiner Tochter. Wenn's nach der ging, hätt ich den Herrgott längst persönlisch kennen gelernt. Aber erst wird gelebt, dann gestorbe und am Ende verbrannt. Merken Sie sisch das!" Nach diesen Worten fiel die Tür krachend hinter mir ins Schloss. Kein Wunder, dass der Papst nie nach Frankfurt kommt.

Wieder im Büro machte ich mich sofort an die Lektüre. Binnen weniger Minuten war ich eingeschlafen. Erst als Frau Hilmers ihre Lieblings-CD der Zillertaler Schürzenjäger auf Anschlag drehte, kehrte ich unsanft in die aktive Lebenswelt zurück. „Schwarzes Leder – Jeans und Boots, die Haare weh'n im Wind …", dröhnte es aus den Boxen, dass der Aschenbecher über den Schreibtisch tanzte. Grauenhaftes Alter, dachte ich und steckte mir eine Lulle an, in der Hoffnung, auf diese Weise auch wirklich alles dafür zu tun, den gespenstischen Lebensabschnitt des Alters zu vermeiden. Meine ganz persönliche Art der Vorsorge. Dann packte ich meine Siebensachen und floh. Mittlerweile war es halb zehn. Kanonen-Robert musste längst zurück sein. Da er nicht hier war, gab es eigentlich nur zwei weitere Alternativen: den Tod oder das *Bad Vibes*, auch wenn das zu gewissen Uhrzeiten ein und dasselbe war.

In Sandys Kneipe herrschte Business as usual. Innenraum und Tür waren unbewacht, lediglich die Frühschicht umlagerte den Tresen und ergötzte sich am selbstproduzierten Nebel und geistigen Getränken. Das Heer der Schwätzer lag noch im Bett und sammelte frische Energien. In spätestens zwei Stunden würden sie hier aufschlagen und Legenden spinnen, an die sich schon am nächsten Tag niemand mehr erinnern konnte. Auf diese Weise verklärte sich jede Nacht zu einem unvergleichlichen Erlebnis, auch wenn die Gespräche so innovativ waren wie das ewige Hintergrundgedudel der Stones. Im *Bad Vibes* war einfach kein Raum für neue Ideen.

Ich schob mir einen Barhocker zurecht und wartete, bis Sandy ein junges Pärchen, das sich offensichtlich verirrt hatte oder ethnologische Studien für die Universität betrieb, mit frischen Getränken versorgt hatte. Zur Überbrückung der Wartezeit begann ich, beiläufig in Frau Hilmers' Bibel zu blättern.

„Kurt?"

„Ja“, merkte ich auf und klappte die Heilige Schrift wieder zu.

„Geht's dir nicht gut?“

„Doch, alles okay. Und bei dir?“

„Du liest die Bibel? Und was ist mit deinem Gesicht passiert?“

„Alles rein beruflich“, wiegelte ich ab und zog meine Brieftasche aus der Jeans.

„Zeig mal her.“

„Bitte“, sagte ich und überreichte ihr die prall gefüllte Börse.

„Nicht das, dein Gesicht, du Idiot.“

„Sind nur ein paar Kratzer. Aber schön, dass es mal einer bemerkt. Geht's deinem Hals wieder besser?“

„Mmh“, antwortete sie unbestimmt.

„Hier, ich hab dir was mitgebracht.“

„Dreihundert Euro?“

„Anstelle von Blumen“, sagte ich und schob ein „tut mir leid wegen neulich“ nach.

„Was soll das?“

„Dein Schutzgeld“, erklärte ich stolz. „Plus Schmerzensgeld. Hab mich gleich drum gekümmert.“

Sandys Rührung manifestierte sich in Form zweier reichhaltig gefüllter Gläser mit Haselnussschnaps. „Auf dich“, strahlte sie verzückt und ließ die Gläser sanft gegeneinander klirren. „Woher hast du denn die Kohle?“

„Ist 'ne lange Geschichte“, beschied ich knapp und nahm einen Schluck. Das Zeug schmeckte wie destillierte Nutella. „Krieg ich 'n Bier dazu?“, fragte ich vorsichtig, um sie nicht erneut vor den Kopf zu stoßen.

„Klar, und danach erzählst du mir die Geschichte. Egal wie lange sie ist. Vor zwölf ist hier ohnehin nichts los.“

Ich wusste, dass Sandy so lange nachfragen würde, bis ihre Neugier einigermaßen gestillt war. Das konnte sich hinziehen. Nicht ohne Stolz begann ich zu berichten.

„Du hast dich mit dem Albaner aus dem Chic-Schnack angelegt!“, unterbrach sie erregt meine Ausführungen.

„Was heißt angelegt? Im Prinzip weiß ja niemand, dass wir – also Robert und ich – uns die Kohle geschnappt und anschließend wieder verpisst haben. Das hätte jeder gewesen sein können. Ich meine, in solchen Kreisen …“

„Die werden wiederkommen“, stammelte sie verängstigt in ihren Schnaps.

„Nicht unbedingt“, versuchte ich zu retten, was noch zu retten war.

„Natürlich werden sie das! Mein Gott, die Mafia. Du hast dich mit der Mafia angelegt und kommst danach schnurstracks in meine Kneipe und trinkst Haselnussschnaps.“

„Jetzt mach mal halblang. Alles, was ich getan habe, ist, dir dein Geld wiederzu…“

„Blutgeld!“, kreischte Sandy hysterisch. „Das ist Blutgeld! Nimm die verdammte Kohle, und bring die Sache gefälligst in Ordnung! Die zünden mir den Laden unter den Füßen an. AUF WAS WARTEST DU? Raus! Und wag bloß keinen Schritt hier rein, bevor du das erledigt hast.“ Wütend stopfte sie die Scheine in die Brustasche meiner Jacke und zerrte mich entschlossen in Richtung Ausgang. „Bring das zurück, und entschuldige dich!“ Dann öffnete sie die Tür und gab mir einen beherzten Stoß. Ich landete direkt in Kanonen-Roberts Armen.

Zwanzig

„Touché“, kommentierte Kanonen-Robert und befreite sich mühevoll aus meiner Umklammerung. „Gibt's schon wieder Ärger?“

„Nein, wir verstehen uns blendend“, raunzte ich und zog ihn am Ärmel seiner speckigen Lederjacke hinter mir her. „Komm mit.“

„Eigentlich wollte ich da rein“, intervenierte er klagend.

„Da ist aber fermé! Kapiert! Auf, jetzt komm schon, bevor Sandy noch zu Waffen greift.“

„Sandy hat Waffen?“

„Was glaubst du denn!“, erwiderte ich und setzte meinen Weg unbeirrt fort. Die Naivität aller Singles auf Lebenszeit. Sie kannten sie nicht, die Waffen der Frauen.

Erst auf Höhe der Wittelsbacherallee kam ich langsam wieder zur Ruhe. Weil ich Hunger und Durst hatte, zerrte ich meinen Praktikanten in die nächstbeste Schnitzelkneipe mit Raucherraum. Geld genug hatten wir ja.

„Ich nehme das Zwiebelschnitzel“, eröffnete Kanonen-Robert das Palaver. „Vorweg einen Cognac und zum Essen ein Pils. Hast du mal 'ne Kippe?“

Ich schloss mich seinem Menükonzept an, damit der Kellner rasch wieder verschwinden konnte. „Was zur Hölle hast du mit meinem Auto gemacht?“, fragte ich schließlich, als wir wieder unter uns waren.

„Wieso, springt er wieder nicht an?“

„Nein, fahren tut er …“

„Na also“, fuhr mir der Ex-Stuntman in die Parade und erneuerte seine Bitte um eine Zigarette.

Um ihn zu quälen, steckte ich mir eine Gauloises zwischen die Lippen und rauchte sie genüsslich an. „Ich meine das Wildschwein, du Idiot."

„Aber das hab ich dir doch alles erzählt. Der Unfall im Taunus. Die dunkle Straße. Der Regen. Daran musst du dich doch noch erinnern", betonte er und zauberte ein frisches Päckchen Kippen aus seiner Jacke. „Hab ja selber welche", fügte er beiläufig an und schnappte sich mein Feuerzeug vom Tisch.

„Bis auf die klitzekleine Tatsache, dass du das Teil mitgenommen hast", blaffte ich ihn an.

„Na logo. Mann, weißt du, was Wild heute kostet? Ein Vermögen. Wäre doch schade drum gewesen."

„Das Vieh ist im Kofferraum meines Volvos ausgeblutet und liegt da seit vierundzwanzig Stunden drin."

„Warum hast du's nicht kaltgestellt?"

„Weil du Idiot mir nichts davon gesagt hast!", entgegnete ich gereizt und zählte innerlich bis zehn. „Außerdem kenne ich keinen Kühlschrank, der es mit einem ausgewachsenen Keiler aufnehmen kann."

„Was ist mit Sandys Kühltruhe?"

„Sandys Kühltruhe", äffte ich ihn nach. „Nix ist mit Sandys Kühltruhe. Momentan kommen wir nicht mal ihn die Nähe von Sandys Kühltruhe. Wir haben Hausverbot!"

„Wieso wir? Was hab ich damit zu tun?"

„Blutgeld", erklärte ich. „Du hast die Mafia beklaut und dich mit den Albanern angelegt. Sandys Schutzgelderpresser haben ihre Homebase im Chic-Schnack. Du erinnerst dich? Der Laden, in den wir gestern Nacht eingestiegen sind. Albaner. Mafia. Blutgeld. Capice?"

„Scheiße", entfuhr es dem Ex-Stuntman, gerade in dem Augenblick, als der Ober die dampfenden Schnitzel vor uns abstellte.

„Ist etwas nicht in Ordnung?“, fragte der Kellner verwirrt.

„So einiges“, beschied ich ihn, griff mir ein Bier von seinem Tablett und trank es in einem Zug aus. „Mein Bier ist leer!“ Kopfschüttelnd verließ der Ober das Separee.

„Dann hänge ich also mit drin?“, stellte Kanonen-Robert ungläubig fest.

„Natürlich hängst du mit drin!“, fauchte ich ihn an. „Du arbeitest bei mir. Du hängst in allem mit drin. In meinem ganzen verdammten Leben ... Scheiße! Und jetzt erzähl mir endlich, wo du dich den ganzen Tag rumgetrieben hast.“

„Nach dem Essen“, sagte Kanonen-Robert und kippte seinen Cognac auf ex. „So viel Zeit muss sein. Aber du wirst staunen!“ Mit diesen Worten drückte er seine Kippe in meinem Beilagensalat aus und widmete sich dann ganz seinem Schnitzel. Bon Appetit, dachte ich und tat es ihm gleich.

Ich wartete, bis der Kellner uns mit neuen Getränken versorgt hatte, bevor ich den Faden wieder aufnahm. „Also, was hast du herausgefunden?“ Ich glaubte nicht wirklich, etwas Neues zu erfahren, aber Kanonen-Roberts Bericht über einen schweißtreibenden Arbeitstag bei den Sklaventreibern vom Messebau in Offenbach wollte ich mir keinesfalls entgehen lassen.

„So allerhand“, erwiderte der Ex-Stuntman und vergriff sich in einem Moment der Unachtsamkeit an meinem Zigarettenpäckchen. „War an sich ein lockerer Tag.“

„Locker?“

„Ja, gab eigentlich kaum was zu tun. Hatte ohnehin nicht vor, da zu arbeiten. Der Chef ist echt okay.“

„Okay?“, kam es mir über die Lippen, auch wenn ich Kanonen-Roberts Referat keinesfalls unterbrechen wollte.

„Ja, jetzt hör halt zu. Hab ihm erzählt, dass ich Stuntman bin und wir demnächst eine Szene drehen, für die sich das

Firmengelände als Location prima eignen würde. Von daher müsste ich mich kurz umsehen und die Lichtverhältnisse chekken. Der Typ war sofort Feuer und Flamme. Wollte sogar mitspielen. Hab ihm natürlich gleich 'ne ordentliche Gage in Aussicht gestellt. Dann sind wir in sein Büro und haben die Details besprochen."

„Welche Details?"

„Unwichtiger Kleinkram. Verstehst du eh nichts von. Auf jeden Fall gab ein Wort das andere, und am Ende sind wir richtig ins Plaudern gekommen. Hatte übrigens einen ausgezeichneten Slivo, der Chef. Sein Bruder hat eine Brennerei unten in Serbien. Macht vierhundert Liter im Jahr und fährt das Zeug dann in alten Lenorflaschen nach Deutschland. Muss man sich mal vorstellen. Auf jeden Fall haben die gar nicht im Dom gearbeitet."

„Aber ..."

„Ich weiß, was du sagen willst. Auf dem Papier natürlich schon. Das hängt alles mit der Steuer zusammen. Dragans Firma ist eingetragen, angemeldet und zahlt an den Fiskus. Deshalb kommt er auch an öffentliche Aufträge ran, ganz im Gegensatz zu seinen Kumpels. Illegale, Tagelöhner, Pipapo. Hey, das sind alles Jugos. Die halten zusammen wie Pech und Schwefel und schanzen sich die Aufträge dann gegenseitig zu. Eine Hand wäscht die andere. Wer die Drecksarbeit macht, interessiert doch letztendlich keine Sau. Und in diesem Fall waren Dragans Jungs eben gar nicht vor Ort."

„Aber wer ..."

„Keine Sorge, hab ich mir alles aufgeschrieben. Namen und Adresse. Bin ja schließlich kein Anfänger. So, und jetzt bist du an der Reihe. Wie hast du deine Zeit vertrödelt? Hat unser Auftraggeber noch ein paar Scheine draufgelegt?"

Ich glotzte ihn verständnislos an.

„Der olle Kleemann“, präzisierte Kanonen-Robert und bediente sich abermals an meinen Zigaretten. Erst jetzt wurde mir klar, dass er von dem Mord noch gar nichts wusste. Weil mir zum Lügen die Kraft fehlte, fasste ich die Ereignisse der letzten vierundzwanzig Stunden in einem komprimierten Bericht zusammen. Große Teile davon entsprachen sogar der Wahrheit.

„Dann hat er seinen Mörder gekannt!“, platzte es aus meinem Praktikanten heraus.

Ich starrte ihn erstaunt an.

„Logische Deduktion“, erklärte er altklug. „Sonst wäre die Tür doch aufgebrochen gewesen. Hast du die Wahlwiederholungstaste seines Telefons überprüft?“

„Na klar“, log ich und ärgerte mich über meinen Anfängerfehler. Matula wäre das nicht passiert. Dafür war ich eins neunzig und trug meinen Lederblouson nicht im Gesicht.

„Und?“

„Nur Werbung“, improvisierte ich. „1&1. Dieser Marcel D’ings. Ging um irgend’ne neue Flat.“

„Scheiße.“

„Du sagst es. Trotzdem müssen wir der Sache nachgehen.“

„Was willst du denn von 1&1 erfahren?“

„Nicht dieser Sache. Idiot. Sein Umfeld durchleuchten. Freunde, Bekannte, Kollegen. Am besten, du fängst noch mal im Dom an. Die meisten Feindschaften entstehen im Beruf.“ Ich sah Kanonen-Robert herausfordernd an, doch ihm entging auch diese Spitze. „Aber vorher entsorgst du das Wildschwein aus meinem Auto. Und dann brauchen wir dringend eine Idee, wie wir diese Schutzgeldsache aus der Welt schaffen.“ Ich nahm einen Schluck und schüttelte angewidert den Kopf. Es wurde Zeit, mich endlich wieder mit Sandy zu versöhnen. Nichts ist schlimmer als schales Henninger.

„Hast du nicht vorhin was von der Mafia erzählt?", fragte Robert.

„Mmmh."

„Gut, dann weiß ich was. Alles, was wir brauchen, ist ein langes Schlachtermesser."

„Hab ich nicht."

„Aber die." Kanonen-Robert wies mit ausgestrecktem Zeigefinger in Richtung Küche. „Wäre gut, wenn du vorher zahlst. Ich komm dann gleich nach."

Einundzwanzig

Wir rannten uns die Lungen aus dem Hals. Der Koch war uns dicht auf den Fersen.

„Da, das Taxi“, schrie ich Kanonen-Robert zu und zog ihn an der Jacke in den bereitstehenden Wagen. Der Fahrer hob augenblicklich die Arme. „Nix steche“, stammelte er und fuchtelte dabei aufgeregt mit den Händen durch die Luft.

„Fahr los!“, herrschte ich ihn an und nahm dem Ex-Stuntman das Schlachtermesser aus der Hand. „Nix Überfall, nur Koch“, erklärte ich, was den Fahrer zu beruhigen schien. Mit quietschenden Reifen fädelte er den Mercedes in den fließenden Verkehr ein.

„Das war haarscharf“, bemerkte der Ex-Stuntman kichernd. Cherno Jobatey hätte darüber gelacht.

Die Fahrt dauerte keine fünf Minuten. Dem Taxifahrer war das vollkommen gleichgültig. „Sieben Euro“, brummelte er und verzog dabei keine Miene.

„Sieben Euro?“, wiederholte ich bestürzt. „Aber wir sind doch eben erst eingestiegen.“

Die Antwort war ein gleichgültiges Schulterzucken. Widerwillig kramte ich mein Portemonnaie aus der Jeans und angelte einen Zehneuroschein heraus. Der Fahrer schnappte sich den Schein und ließ ihn augenblicklich in seiner Hemdtasche verschwinden.

„Stimmt so“, beschied er. „Kann ich sowieso nicht wechseln.“ An dieser Stelle hätte ein ganz neues Kapitel meines Lebens beginnen können: Ich hatte ein Messer, und ich war außerordentlich schlecht gelaunt.

„Und jetzt?", fragte ich den Ex-Stuntman, als wir oben im Büro angekommen waren. „Wozu brauchst du das Messer?"

„Abwarten", antwortete dieser und ließ sich sackartig in meinen Besuchersessel fallen. „Unsere Stunde schlägt im Morgengrauen."

Ich starrte ihn unverwandt an, doch er war bereits in einen dämmrigen Schlaf gesunken. Selbst hartnäckiges Rütteln an seinen Schultern vermochte ihn nicht mehr zu wecken. Ich befreite ihn von seiner albernen Umhängetasche und wühlte neugierig darin herum. Nach kurzer Suche stieß ich auf einen Zettel mit Namen und Anschrift einer Abbruchfirma in Sossenheim. Diesbezüglich schien er tatsächlich nicht gelogen zu haben. Der übrige Inhalt erstaunte mich umso mehr. Vier Päckchen Kippen und eine noch jungfräuliche Flasche Schnaps. Ich öffnete sie und nahm eine Nase. Eindeutig Slibowitz. Um sicherzugehen, verkostete ich einen Schluck. Heilige Scheiße, das war der beste Schnaps meines Lebens, und ich kannte mich aus mit Schnaps. Fruchtig, ohne die nötige Schärfe vermissen zu lassen. Voller Aroma und unendlich weich im Abgang. Dann erinnerte ich mich an die Lenorflaschen und goss die Plörre angewidert in den Ausguss.

Es war halb fünf, als mich Kanonen-Robert unsanft aus dem Schlaf riss. „Komm schon", sagte er und kramte in seiner Umhängetasche herum. Ich rieb mir die Grütze aus den Augen und glotzte ihn verständnislos an.

„Weißt du, wo der Sliwo ist?"

„Was?"

„Der Sliwo! Hatte ich in der Tasche."

„Weichspüler", faselte ich und deutete in Richtung Spüle. „Gib mal 'ne Kippe."

„Hab keine", log Kanonen-Robert ungeniert.

Eigentlich hatte er Recht, denn ich hatte seine Zigaretten sofort konfisziert. Generös streckte ich ihm die offene Packung entgegen. Wir rauchten und schwiegen. „Und jetzt?“, fragte ich in die frühmorgendliche Stille hinein.

„Entsorgen wir das Wildschwein“, entschied der Ex-Stuntman. „Hast du mal ’n Zettel?“ Ich warf ihm einen Block zu und gähnte mir die Seele aus dem Leib.

„Dann los“, sagte er, während er ein Blatt großflächig mit Edding bekrickelte.

Der Volvo war voller Fliegen. Überall summte und surrte es. Ich kurbelte die Fenster nach unten, was die Situation nur unwesentlich entspannte. Kanonen-Robert schlug wild mit seinem Block um sich. „Lass das!“, fuhr ich ihn verärgert an, als er mich dabei traf. „Wohin soll ich fahren?“

„Geradeaus“, antwortete der Ex-Stuntman. „Ich sag dir rechtzeitig Bescheid.“

Fünf Minuten später standen wir vorm Chic-Schnack. „Was sollen wir hier?“, fragte ich und wedelte mir entnervt die Insekten aus dem Gesicht.

„Abladen“, kam es mit fester Stimme zurück.

„Hier?“

„Wo denn sonst?“

„Aber ...“

„Nix aber. Vertrau mir“, insistierte er und drückte den Block von innen gegen die Windschutzscheibe. „Zwei Fliegen mit einer Kladde“, kalauerte er. Dann öffnete er die Tür und stieg aus. „Los, hilf mir mal.“

„Du willst die Sau nicht ernsthaft hier ...“

„Natürlich“, unterbrach er mich. „Die Schutzgelderpresser. Jetzt denk doch mal nach.“

Ich verstand nur Bahnhof.

„Die Mafia“, fuhr er geduldig fort. „Die Schutzgelderpresser hängen mit dem Albaner vom Chic-Schnack zusammen. Hast du doch selber erzählt.“ Ich nickte unbestimmt. „Also schmeißen wir ihnen die Sau vor die Tür, rammen das Messer in den Brief, und aus die Maus. Und jetzt hör auf mich anzuglotzen wie Mesut Özil und pack mit an. Das Teil ist höllenschwer.“

„Was hast du denn geschrieben?“, fragte ich verwirrt.

„Hier“, sagte er und überreichte mir den mit zerquetschen Fliegen garnierten Zettel. „Die wirkliche Mafia sind wir. Und deswegen lassen wir jetzt die Sau raus!“

Letzte Warnung!
Haltet euch von anderen Läden fern, und es wird kein weiteres Blut fließen.
Das ist unser Geschäft. Wo Jäger sind, sind immer auch Gejagte.
Nicht jeder kann ein Stück vom Braten haben.

Die Familie.

Ich schüttelte fassungslos den Kopf.

Der Ex-Stuntman wertete das als Zustimmung und zerrte den Kadaver aus dem Volvo. „Ich weiß ...“, fügte er mit stolzgeschwellter Brust hinzu. „Der Plan ist genial.“

Zweiundzwanzig

Ich parkte den Volvo gegenüber von Kleemanns Haus und Kanonen-Robert in einem nahe gelegenen Café. Die Wahlwiederholung. Darauf hätte ich wirklich selbst kommen können. In Kleemanns Wohnung war seit meinem Weggang niemand gewesen. Das Telefon stand im Wohnzimmer. Ich drückte die fragliche Taste und fixierte erwartungsvoll das Display. Die Nummer war unerwartet kurz. Lediglich drei Ziffern. Binäres Zahlensystem. Zwei Einsen, eine Null. Das Ganze kam mir irgendwie bekannt vor. Dann fiel der Groschen. Verfluchte Scheiße. 110. Der direkte Draht zur Hölle.

Natürlich, der Letzte, der von diesem Anschluss aus telefoniert hatte, war ich selbst gewesen. Zu meinem Entsetzen kam ich diesmal sofort durch. „Notrufzentrale, Frankfurter Polizeipräsidium ..."

Panisch legte ich wieder auf. Jeder Anruf bei der Notrufzentrale konnte zurückverfolgt werden. In spätestens zehn Minuten würden sie hier sein. Das volle Aufgebot. Die Wahlwiederholungstaste. Wie dämlich kann man eigentlich sein?

In aller Hektik kritzelte ich mir die letzten zwei Nummern der Anrufliste auf den Unterarm und sah zu, dass ich Land gewann.

„Wir müssen hier weg", rief ich in die morgendliche Geschäftigkeit des Stehcafés hinein.

„Hab mir gerade noch was bestellt", antwortete Kanonen-Robert und rührte in einem dampfenden Pott Kaffee herum.

„Komm!“, blaffte ich ihn an. „Gleich wimmelt’s hier von Bullen.“

„Woher willst’n das wissen?“

„Ist nur so ’ne Ahnung. Los jetzt!“

„Meinetwegen“, grummelte der Ex-Stuntman genervt und trottete missmutig hinter mir her.

Die Kavallerie kam uns bereits entgegen, als ich den Volvo von Bockenheim ins Westend trat.

„Wo fahren wir hin?“, fragte mein Praktikant, während er sich eine Zigarette zwischen die Lippen schob.

„Zu Clemens und Manni“, erwiderte ich und schob meinen Ärmel hoch. „Rausfinden, wem diese Telefonnummern gehören.“ Bevor ich dort selbst anrief, wollte ich wissen, mit wem ich es zu tun hatte.

„Langsam sollten wir mal über mein Gehalt reden“, kam es durch den aufsteigenden Dunst zurück.

„Gehalt, was für ein Gehalt?!“

„Das Geld, das du mir zahlst. Erst Offenbach, dann die Mafia und jetzt die Wahlwiederholung. Ich mach die Arbeit ja quasi im Alleingang.“

Nur das Großaufgebot anrückender Polizei hinderte mich daran, ihn augenblicklich zu erwürgen.

Ich stellte den Schweden auf dem Kundenparkplatz von e-solutions.com ab, der Firma, die Clemens und Manni gegründet hatten, nachdem ich ihnen vor Jahren einen Erpresser vom Hals geschafft hatte. Damals programmierten sie lediglich Computerspiele. Mittlerweile waren wir alle Unternehmer, mit dem Unterschied, dass sie in einer schmucken Altbauvilla im Westend residierten, während ich mein schäbiges Dasein in einer heruntergekommenen Bauruine am anderen Ende der Stadt fristen musste. Sophia Perotta, die überaus attraktive Sekretärin der beiden, öffnete uns die Tür und schenkte mir ein freudestrahlendes Lächeln. Ich ließ meine Blicke zwischen ihrem eng geschnittenen Rock und dem ausdruckslosen Gesicht meines Praktikanten hin und her schweifen. Auch in puncto Personal spielten Clemens und Manni in einer unerreichbaren Liga.

„Hallo Sophia", flötete ich und durfte dafür mit meinen Bartstoppeln kurz ihre Wange entlangschmirgeln. Erregt rang ich nach Luft. Barry White und Sade. Sie benutzte das gleiche Parfum wie Virgina Schneider. „Sind Clemens und Manni im Haus?", fragte ich, nachdem sich mein Puls wieder einigermaßen normalisiert hatte.

„Im Creative Office", erwiderte sie und deutete mit einem perfekt geformten Fingernagel in Richtung des nebenan liegenden Büros. Vollkommen unkreativ drückte ich die Klinke.

„Kurt!"

„Bratfisch!", hießen sie mich nacheinander willkommen und bekamen auf diese Weise meinen vollen Namen hin.

„Hi", grüßte ich gewohnt informell zurück und rollte mir einen Sitzball in Position. Das Zeitalter des Stuhls war in diesen Räumlichkeiten schon lange vergangen. Weil ich Sophia nicht allzu lange mit Kanonen-Robert allein lassen wollte, kam ich direkt auf den Punkt. „Könnt ihr mir bei diesen Telefonnummern weiterhelfen?", fragte ich und krempelte erneut meine Jackenärmel hoch. „Name und Anschrift genügen."

„Klar", sagte Manni und beugte seinen massigen Leib über eine Computertastatur. Es war mir ein Rätsel, wie man mit so dicken Fingern darauf rumtippen konnte, ohne dass irgendetwas dabei kaputt ging.

„Willst du'n Kaffee?", fragte Clemens, während sich Manni den Zahlenfolgen auf meinem Unterarm widmete.

„Nein, danke. Robert wartet draußen. Wir müssen gleich wieder los."

„Der Robert?"

„Ja", entgegnete ich genervt.

„Warum ist er nicht mit reingekommen?"

„Eure Sekretärin", erklärte ich.

„Stimmt, ihr Kaffee ist legendär." Ich bewunderte Clemens für so viel Naivität.

Manni brauchte keine fünf Minuten, um die gewünschten Informationen aus dem virtuellen Dschungel zu filtern. Die Namen sagten mir nichts, aber was sollten einem Namen, die man noch nie gehört hatte, auch sagen. Ich notierte mir die Adressen und bedankte mich artig. „Wenn ihr Zeit habt, könnt ihr gerne noch ein bisschen in den Biographien wühlen. Meine Nummer habt ihr ja."

„Klar doch", sagte Manni und rollte mir mit seinem Gummiball bedrohlich entgegen. Ich schüttelte seine Hand und zeitgleich den Kopf. Dann war ich draußen.

Kanonen-Robert erzählte Sophia seine Standardgeschichte einer angeblichen Stuntman- und Privatdetektivexistenz, als ich schwankend in den Flur trat. Der Hüpfball hatte meinem Gleichgewichtssinn stark zugesetzt. „Auf, wir müssen los", murrte ich und nickte der tapferen Sekretärin beileidsbekundend zu. Der Scheinstuntman zog eine Visitenkarte aus seiner speckigen Lederjacke und lächelte Sophia aus einer Reihe nikotingelber Zähne an. „Ruf mich an", hauchte er lasziv.

Er würde wohl Single bleiben.

Dreiundzwanzig

Eleonora Sacci und Rüdiger Wenzel. Zwei Namen, so unterschiedlich wie Veuve Clicquot und vergorener Sauerkrautsaft. Beide wohnten in Praunheim, einem abgelegenen Viertel im Nordwesten der Stadt. Mercedes Benz und eine stadtbekannte Einrichtung für geistig Behinderte hatten sich hier niedergelassen. Ansonsten war der Stadtteil ein verschlafenes Einfamilienhausidyll mit Jägerzaun und „Hier wache ich"-Beschilderung, den traditionellen Grenzanlagen des Spießbürgertums. Der multikulturelle Einfluss erschöpfte sich auf eine schlecht laufende Pizzeria und den obligatorischen japanischen Kleinwagen für die schon erwachsen gewordene Tochter des Hauses. Die Vorgärten in Reih und Glied. Ein klinisch sauber gepflegter Vorhof der Hölle. Freiwillige Feuerwehr und Heimatverein inklusive. Wer hier wohnte, wurde seines Lebens nicht mehr froh. Freie Parkplätze gab es in Hülle und Fülle. Mit Frankfurt hatte das alles nichts zu tun. Ich stellte den Volvo in einer blumenbepflanzten Bucht der Praunheimer Landstraße ab und tat mein Möglichstes, der Gegend so etwas Ähnliches wie Leben einzuhauchen, indem ich sie mit dem Unrat aus meinen Jackentaschen verzierte.

Rüdiger Wenzel fristete sein trostloses Dasein in Nummer 107 und war stolzer Inhaber des örtlichen Gas-Wasser-Scheiße-Betriebes. Falls das hier alles nichts wurde, konnte ich ihn immer noch damit beauftragen, die Toiletten des *Bad Vibes* endlich auf Vordermann zu bringen. Sandys Geburtstag stand unmittelbar bevor, und ich hatte nicht den Funken einer Idee, was ich ihr schenken sollte. Funktionsfähige Urinale. In Sachen Kreativität lag ich damit sicherlich ganz weit vorn.

Bevor ich klingelte, steckte ich mir eine Zigarette an und sog den Rauch mitsamt der allgegenwärtigen Stille tief in mich ein. Es tat gut, endlich wieder allein zu sein. Kanonen-Robert hatte ich unter dem Vorwand, weiter im beruflichen Umfeld Kleemanns herumzustochern, in den Dom geschickt. Was auch immer er dort tat, war mir herzlich egal. Hauptsache, ich bekam nichts davon mit.

Als Rüdiger Wenzel die Haustür öffnete, fiel mir sofort die Sauerkrautsaftmetapher wieder ein: Seine Physiognomie hatte etwas Konservenhaftes. Das teigige, leicht aufgequollene Gesicht zeugte von reichem Apfelweinkonsum. Ich stellte mich vor und fragte, was ich zu fragen hatte. Es dauerte eine Weile, bis sich der Klempner wieder an Kleemann erinnerte.

„Richtig ...", hob er an. „Der kaputte Abfluss im Bad. Wollte ich gleich in drei Wochen ran." Gott hatte die Welt in sieben Tagen erschaffen. Das deutsche Handwerk wäre allein mit dem Erstellen des Kostenvoranschlags 2.000 Jahre beschäftigt gewesen. Ich verabschiedete mich von dem Gedanken, ein Geschenk für Sandy gefunden zu haben, und ging meiner Wege. Mit dem Mord an Kleemann hatte Wenzel definitiv nichts zu tun. Sein Anruf galt lediglich der wiederholten Verschiebung eines Termins. Handwerkeralltag. Kein Wunder, dass der Polenstrich auf der Hanauer Landstraße boomte.

Eleonora Sacci wohnte in einem kleinen, freistehenden Haus direkt am Rand des ehemaligen Bundesgartenschaugeländes. Das ganze Areal wirkte wie eine ökologische Festung und war meterhoch mit dornigen Brombeerbüschen umwachsen. Nachdem ich mir eine Weile unschlüssig die Beine vertreten hatte, drückte ich verdrossen den von ornamentalen Zierelementen umsäumten Klingelknopf. Ein Hund begann drohend zu bellen. Instinktiv trat ich einen Meter zurück. Die

Tür öffnete sich einen Spaltbreit, und der feuchte Atem einer hüfthohen Dogge schlug mir feindselig entgegen.

„Ruhig, Jehova“, beschwichtigte eine weibliche Stimme. Dann verschwand die triefende Schnauze des Monsters wieder aus dem Türspalt, und der Vierbeiner wurde geräuschvoll in den hinteren Teil des Hauses verbannt. Erst als ich das Schließen einer weiteren Tür vernahm, wagte ich es, wieder zu atmen. Die folgenden dreißig Sekunden untätigen Wartens nutzte ich dazu, mir einen geeigneten Vorwand für meinen Besuch aus den Fingern zu saugen. Der Name Jehova hatte mich aufhorchen lassen. Fieberhaft dachte ich nach, bis mich die Hausherrin in strengem Tonfall aus meinen Überlegungen riss.

„Da sind Sie ja endlich“, blaffte sie mich an und öffnete die Wohnungstür nun zur Gänze. Jeder Vertreter hätte spätestens jetzt die Chance zur Flucht ergriffen. Eleonora Sacci baute sich in voller Abscheulichkeit vor mir auf. Ihren giftgrünen Augen konnte ich für den Bruchteil einer Sekunde noch standhalten. Der irre Blick, die leichenblasse Haut sowie das streng zurückgekämmte feuerrote Haar gaben mir jedoch den Rest. Jeder Mensch, so sagt man, hat irgendwo einen Doppelgänger. Dass dieses Gesetz auch für Andrea Sawatzki galt, war eine wirklich perfide Gemeinheit unseres Schöpfers. An einen Gott, der so etwas zuließ ... aber lassen wir das, irgendwas musste ich jetzt sagen.

„Ja ...“, stammelte ich und versuchte, mir meine Fassungslosigkeit nicht anmerken zu lassen.

„Kommen Sie rein“, fuhr sie fort und trat einen Schritt zur Seite. „Das Telefon steht im Wohnzimmer. Haben Sie gar kein Werkzeug dabei?“

„Werkzeug?“

„Natürlich“, kam es entnervt zurück. „Das Gerät ist kaputt, deswegen sind Sie doch da.“

„Hmm“, brummte ich, nur mühsam begreifend.

Fernmeldetechniker sind erfahrungsgemäß nicht für ihre Redseligkeit bekannt. Die kritischen Blicke der Hausherrin ignorierend, durchquerte ich entschlossen die Diele. Zögernd blickte ich mich um. Die Wohnungseinrichtung beschränkte sich auf das Notwendige. Zwei Sessel, eine alte, mit grünem Samt bezogene Couch, ein Tisch, dunkle Holzregale und ein wachsüberlaufener Lüster verliehen dem Wohnzimmer den Charme einer düsteren Gruft. Von einem Kruzifix über der Tür blickte Jesus mahnend auf mich herab. Die Situation kam mir eigentümlich bekannt vor. Sämtliche Einrichtungsgegenstände hatten ihre Halbwertszeit schon seit geraumer Zeit überschritten. Die gemusterte Tapete war mit der Aufgabe, so etwas Ähnliches wie Wohnlichkeit in diese karge Stube zu zaubern, sichtlich überfordert. Einzelne Bahnen hingen – ihres trostlosen Daseins überdrüssig – bereits schlapp von den Wänden. Einen Fernseher gab es ebenso wenig wie eine Musikanlage. Das Telefon hatte zu meiner Überraschung keine Wählscheibe und war, wie ich nach einer kurzen Inspektion feststellte, an einen Router gekoppelt. So sehr Frau Sacci sich auch an die Lebensumstände eines längst vergangenen Jahrhunderts klammerte, auf einen Internetzugang wollte selbst sie nicht verzichten. Ich angelte mir den Hörer von der Ladestation und lauschte. Wie nicht anders zu erwarten, war der Anschluss tot.

„Was machen Sie denn da?“, keifte mich die Hausherrin erneut an.

„Arbeiten“, konterte ich einsilbig und legte wieder auf. Dabei streifte mein Blick zufällig die Steckdosenleiste hinter dem Telefontischchen. Was ich dort entdeckte, zauberte ein breites Grinsen in mein Gesicht.

„Kann ich mir Ihren Computer mal angucken?“, fragte ich

und nestelte dabei ein wenig an den Steckverbindungen des Routers herum.

„Was hat denn der Computer mit dem Telefon zu tun?", erwiderte Frau Sacci gereizt.

„Einiges", antwortete ich abermals sehr karg. „Ich muss die Systemverbindungen neu konfigurieren." Diese so kurze wie professionell anmutende Erklärung reichte, um alle weiteren Einwände im Keim zu ersticken. Bereitwillig rückte die Hausherrin ihren Laptop heraus. „Das kann eine Weile dauern", setzte ich ungerührt nach und wartete ab, bis sie das Passwort eingetippt hatte und mich mit dem Computer allein ließ. Dann zog ich einen Stick aus meiner Jacke, öffnete Outlook-Express und kopierte den gesamten E-Mailverkehr der letzten Wochen. Nachdem ich damit fertig war, wilderte ich noch ein wenig in den übrigen Dateien herum, fuhr den Computer wieder runter und zog meinen Stick aus dem USB-Port. Anschließend steckte ich das Netzkabel des Telefons wieder richtig in die Steckdosenleiste und nahm erneut den Hörer ab. Voilà, das Gerät funktionierte einwandfrei. Ursache und Wirkung zusammengefasst in einem einfachen Zweizeiler: ohne Strom kein Telefon. Kein Wunder, dass die überwiegende Mehrheit aller Fernmeldetechniker sich schon vor geraumer Zeit von der Menschheit abgekehrt hatte und eine eremitenartige Existenz im Souterrain des Lebens fristete. Jeder hat sein Päckchen zu tragen. Meines war auch nicht leichter. Zu guter Letzt notierte ich mir noch die letzten Nummern der Anrufliste. Und glauben Sie bloß nicht, Kanonen-Robert hätte damit irgendwas zu tun.

Zufrieden stellte ich die Arbeit ein.

„Frau Sacci!"

„Ja?"

„Ich bin fertig."

„Schon?“

„Hmm.“

„Geht es denn wieder?“

Wie blöd konnte man eigentlich sein, dachte ich und nickte vielsagend mit dem Kopf.

„Was kriegen Sie?“

„Fünfzig“

„Fünfzig Euro für zehn Minuten?“

„Ja.“

Das nachfolgende Gezeter nahm weitere fünf Minuten in Anspruch. Am Ende rückte sie dennoch mit der Kohle raus. Ich stopfte mir den Schein in die Jeans und ging.

„Halt, mein Beleg“, rief mir die Hausherrin ärgerlich nach.

„Dummheit ist nicht absetzbar“, konterte ich, stieg in den Volvo und fuhr los. Als ich wieder in die Praunheimer Landstraße einbog, kam mir ein magentafarbener Astra der Telekom entgegen. Der Mann am Steuer sah einsam und traurig aus.

Vierundzwanzig

Von:	ewamaria@gmail.com
Gesendet:	Samstag, 4. April 17:26
An:	elsacci@hotmail.com
Betreff:	Licht am Ende des Tunnels

Liebe Eli,
das Gespräch mit euch hat mir die nötige Kraft gegeben, mit allem weiterzumachen. Die Strahlen der ersten Frühlingssonne erwärmen mein Gemüt, und ich sehe das Licht am Ende des Tunnels wieder. Ich spüre deine schützende Hand auf meiner Stirn und empfange die Kraft der Gruppe mit jeder Faser meines Körpers. Eure Mitte ist meine Geborgenheit.

Ich schicke euch ein Licht
Ewa

Von:	franklukaku@yahoo.com
Gesendet:	Samstag, 4.April 17:56
An:	elsacci@hotmail.com
Betreff:	Hello

Hello.
MY NAME IS FRANK FROM NIG.

I am frank, son of governor of lagos state of nig. I am looking for any bank manager over there to contact I want to have savice account over there. I am coming over there soon to stay and invest my money be fore then I need a bank manager that

I can have his account number let me transfer all my money to him for my savice account over there be fore I come over there pls if ur a bank manager and you can do if for me pls contact me by mail or phone number (+2348030535289) I have ($1hundredfiftymillion) to transfer to you 4 my starting savice account over there so contact me let us go2 talk about it.

So bye and godbless you from son.

Discover Yahoo! To plan a weekend, have fun online & more

Von:	jovanovic-sossenheim@gmx.de
Gesendet:	Samstag, 4. April 18:01
An:	elsacci@hotmail.com
Betreff:	Auftrag fertig

Hallo,
wir haben die schwarze Bild. Bitte holen Sie ab. Oder sollen wir bringen?

Mit Gruss
Zlatko Jovanovic

Endlich! Noch mehr sinnlose Nachrichten hätte ich beim besten Willen nicht ertragen. Seit zwei Stunden saß ich nun am Rechner und wühlte mich durch den Datenmüll dieses durchgeknallten Sawatzkiverschnitts aus Praunheim. Und endlich ergab alles einen Sinn. Hektisch suchte ich nach dem Zettel mit der Anschrift der obskuren Jugofirma. Ich fand ihn in einer alten Pizzaschachtel zwischen längst vergessenen Steuerbescheiden und den gesammelten Drohbriefen der

GEZ. Solange ich wusste, an welcher Stelle zu graben war, gab es an diesem Ablagesystem nicht wirklich viel auszusetzen. Zlatko Jovanowitsch. Westerbachstraße 132. Richtiger Name, falsch geschrieben, aber was sollte man von Kanonen-Robert auch anderes erwarten, dachte ich und gönnte mir einen doppelten Chantré. Der Ex-Stuntman war immer noch auf Tour, also trank ich seine Ration gleich für ihn mit. Zlatko Jovanovic hatte das Bild! Das dritte Glas ging wieder auf mich. Für alle weiteren schenkte ich mir die Begründungen.

Dann wandte ich mich wieder dem Computer zu und durchforstete die übrigen Dateien. Die Stunden vergingen, und der Weinbrand leerte sich mit jeder neuen Erkenntnis. Meine Augen waren trüber als selbstgekelterter Apfelwein, doch langsam fügte sich das Puzzle zusammen.

Eleonora Sacci war seit gut zwei Jahren bei der Stadt angestellt und arbeitete, wie es der Zufall so wollte, als Aufsicht im Dom. Die Arbeitspläne hatte ich alle auf meinem Stick. Ausgerechnet an dem Tag, als der Schumacher aus dem Dom verschwand, hatte sie Spätdienst. Schon mehr als nur Zufall. Doch es kam noch besser: Frau Sacci saß im Vorstand eines gemeinnützigen Vereins. Eines ganz besonderen Vereins mit einem ganz besonderen Namen:

Hiobs-Schwestern e.V.

Fünfundzwanzig

Kein Zufall, dachte ich und hob erneut mein Glas. Im selben Moment enterte Kanonen-Robert das Büro. Wohl auch kein Zufall, aber definitiv Schicksal.

Mein Schicksal.

Noch bevor ich intervenieren konnte, vergriff er sich an der Weinbrandflasche.

„Ahhh, Chantré", gluckste er mir anerkennend zu.

„Am Geschmack erkannt", vollendete ich diese Phrase und überreichte ihm eine Handvoll Papier. Die gesammelten Erkenntnisse meiner Ermittlungen. Er überflog die Ausdrucke und ließ sich in gewohnter Unerschütterlichkeit auf der Besuchercouch nieder.

„Tja ...", hob er an und steckte sich selbstzufrieden eine Kippe zwischen die Lippen. „Dann habe ich den Fall ja wohl gelöst."

„DU?"

„Wer denn sonst? Jovanovic hat das Bild. Und diese Sektentrunsel hat den Diebstahl in Auftrag gegeben. Hab ich doch quasi alles im Alleingang rausgefunden. Die Anrufliste, die Adresse von Jovanovic. Mehr muss ich wohl nicht sagen. Das muss übrigens alles in meinen Praktikumsbericht. Du hast doch schon damit angefangen? Die Hartmann hängt mir echt im Nacken."

„Was?"

„Der Bericht. Meine Beurteilung. Für die Arbeitsagentur. Soll ich das etwa auch noch übernehmen?"

„Hier ist gar nichts gelöst!", brüllte ich los und knallte mit der Faust auf die Schreibtischplatte, was einige Zigarettenkippen dazu veranlasste, wie Lemminge über den Rand des Aschenbechers zu springen. „Kleemann ist tot! Das ist ein verdammter Mordfall!"

Kanonen-Robert war nur wenig beeindruckt. „Eben", begann er seine Widerrede, um direkt danach eine seiner bedeutungsschwangeren Pausen einzulegen, „und deswegen überlassen wir die Sache der Polizei. Mehr als das Bild sollten wir schließlich nicht finden."

„Ich überlasse gar nichts der Polizei! Und noch haben wir das Bild nicht. Kleemann hat eine Stange Geld für diesen Auftrag hingeblättert. Hast du denn keinen Funken Ehre im Leib? Das sind wir ihm schuldig! Außerdem lass ich mich nicht von Hinz und Kunz bedrohen."

Der Ex-Stuntman zuckte gleichgültig mit den Schultern. „Apropos Geld ...", sagte er nach einer kurzen Pause.

„Vergiss es!", zischte ich ihn an.

„Immerhin habe ich einen Großteil ..."

„Immerhin hast du das Auto geschrottet. Soll das auch in deinen Bericht? Und jetzt lass uns nachdenken, wie wir weitermachen. Frau Sacci und Jovanovic brauchen beide einen Schatten. Ich leg mich in Praunheim auf die Lauer, und du fährst nach Sossenheim. Sobald sich was tut, meldest du dich. Okay?"

„Wenn du meinst. Aber danach redest du mit der Hartmann!", ergab sich Kanonen-Robert widerstrebend seinem Schicksal und schälte sich schwerfällig aus der Besuchercouch. „Wo sind die Schlüssel?"

„Welche Schlüssel?"

„Die Autoschlüssel."

„ICH nehme das Auto!"

„Aber Sossenheim ..."

„Hat eine Busverbindung. Nummer 55, glaub ich. Fährt ab Bockenheim. Beinahe stündlich. Was willst du mehr. Auf jetzt, oder soll ich das mit Frau Hartmann diskutieren?"

Grummelnd verließ der Ex-Stuntman das Büro.

Partizipation und Leadership sind die Grundlagen eines erfolgreichen Führungsstils. Manchmal genügt auch eine simple Drohung.

Sechsundzwanzig

Observationen sind immer gleich. Gleich langweilig. Die Kunst liegt in der Vorbereitung.

Punkt eins: Essen. Ich parkte den Schweden vor einer nahe gelegenen Pizzeria, bestellte eine Maxi-Milanese mit extra Schinken nebst einem gigantischen Plastikbecher Espresso. Die Gratisflasche Rotwein nahm ich billigend in Kauf.

Punkt zwei: Lektüre. Überwiegend Zeitungen, selten Bücher und nie, aber auch wirklich nie Kriminalromane. Privatdetektive lesen keine Krimis. Warum auch. Hanebüchen konstruierte Fälle, in denen es auf alle Fragen eine Antwort gibt. Mit meinem Leben zumindest hatte so etwas nichts zu tun. Und jetzt mal ehrlich: Kanonen-Robert als Romanfigur? Eben: ein billiger Witz ohne Pointe. Also Tagespresse. Lokalteil und Sport. Der Wirtschaftsteil landete gleich im Mülleimer. An Wirtschaft habe ich kein Interesse, es sei denn, man kann sie betreten.

Schlussendlich Punkt drei: Ablenkung und Vergnügen. Drei Schachteln Zigaretten und eine Tagesration Chantré als Verdünnung für den Kaffee. Fernglas, Digitalkamera und Wolldecke lagen griffbereit unter dem Beifahrersitz. Wer in Frankfurt sein Handschuhfach verschließt, ist selber schuld. Als ich alles zusammenhatte, quälte ich den Schweden erneut durch das ewige Stop-and-go des aus der Stadt schleichenden Berufsverkehrs bis nach Praunheim. Irgendwann würde ich ihm und mir eine Überlandfahrt gönnen: mit Sandy in den Vogelsberg, oder noch weiter nach Norden. Dem Auto seine Heimat zeigen. Frische Luft und freie Straßen. Gut, wenn man noch Pläne hat.

Es war beinahe dunkel, als ich den Volvo unter einem Nussbaum in Sichtweite des Hauses von Eleonora Sacci zum Stehen brachte. Wahrscheinlich wurde es in diesem Stadtteil aber nie wirklich hell. Warum sollte es auch?

Ich stieg aus und näherte mich vorsichtig dem Anwesen. Nirgendwo brannte ein Licht. Zehn Meter vor dem Haus duckte ich mich hinter ein Gebüsch und warf einen Stock über die Hecke des Gartens. Augenblicklich bellte ein Hund. Vorsichtig schlich ich zurück zum Auto. Kurz darauf wurde ein Vorhang im ersten Stock zurückgezogen. Der Schattenriss einer Frau lugte für den Bruchteil einer Sekunde aus dem Fenster. Ich drückte mich eng in den Sitz des Schweden und verschanzte mich hinter der Sonnenblende. Alle Beteiligten waren vor Ort. Das Warten konnte beginnen.

Sport- und Lokalteil der Rundschau waren schnell gelesen. Im Nordend wurden altersschwache Bäume gefällt, was den zuständigen Redakteur zu der Überschrift Mein Freund, der Baum, ist tot hinriss und die Bewohner zu Widerstand und Aufruhr animierte. Sitzblockaden und Baumpartnerschaften wurden angekündigt. Auf dem Friedberger Platz campierte bereits eine Mahnwache, die vom direkt nebenan liegenden Café Harveys rund um die Uhr mit fragwürdigsten Kaffeemixturen und frischen Croissants versorgt wurde. Verlogenes Viertel, dachte ich. Allesamt Mitglieder der Grünen, aber als Minimum einen Porsche Cayenne vor der Haustür. Sollten sich über die zusätzlichen Parkplätze doch freuen. Wer unbedingt Natur will, soll eben nicht nach Frankfurt ziehen. Kein Wunder, dass sich Joschka Fischer und Daniel Cohn-Bendit hier jahrelang die Klinken in die Hand drückten. Aber so ist das im Nordend. Doppelmoral als Lebensprinzip. Wer ehrlich ist, wohnt im Gallus.

Auch die Eintracht war mal wieder ins Niemandsland der

Bundesligatabelle abgerutscht. Ungefähr da befand ich mich auch. Identifikation mit dem eigenen Club spielt für den Fußballfan eine entscheidende Rolle. Von daher war die Eintracht ein dankbarer Verein. Ein Niveau, dem man überwiegend folgen konnte. Persönliche Abstiege inbegriffen.

Ich bekämpfte das erste Grummeln meines Magens mit einem Stück Pizza und fummelte das Handy aus der Jacke. Es dauerte eine Ewigkeit, bis Kanonen-Robert endlich abnahm.

Die Hintergrundgeräusche ließen auf eine Kneipe schließen. Das monotone Dudeldü eines Daddelautomaten waberte durch den Hörer.

„Wo bist du?"

Irgendjemand bestellte ein Bier.

„Wie, du bist in den falschen Bus gestiegen?" Was sollte das jetzt? Der 55er ab Bockenheim. „Was kann man da falsch machen ...? Was heißt hier, der Busfahrer ist schuld. Wie kann sich denn ein Busfahrer verfahren?"

Er trank. Ich schraubte die Chantréflasche auf und tat es ihm gleich.

„Also was jetzt? Richtiger Bus und falscher Weg oder umgekehrt? Und wo zur Hölle steckst du jetzt?"

Die Geräuschkulisse veränderte sich, und der Ex-Stuntman verschwand in einem Funkloch. Jedem weiteren Wort folgten lange Pausen.

„ ... ausruhen ... noch ... Minuten ... nächste ... Stunde ... Tresen ... Bier ... krrrgggs ..." Der Rest war gar nicht mehr zu verstehen. Das Gespräch brach abrupt ab. Ich warf das Handy auf den Beifahrersitz und kippte den Flachmann in einem Zug ab. Verdammtes Praktikum! Elender Versager. Zu dumm zum Busfahren. Scheiße. In Gedanken verfasste ich schon mal die ersten Zeilen für Kanonen-Roberts Praktikumsbericht. Den würde ich Frau Hartmann dann persönlich übergeben. Das schwor ich mir. Da konnte man gar nicht hart genug sein. Das sah Frau Hartmann sicherlich nicht anders. Was meinen Praktikanten betraf, konnte es keine zwei Meinungen geben. Eine gemeinsame Basis war also vorhanden. Am Ende war sie sogar attraktiv. Die strenge Blonde vom Arbeitsamt. Im Beruf eine Furie, aber privat ... Daraus konnte durchaus was werden. Wir würden essen gehen, das Nachtleben durchkämmen, Ausflüge in die nähere Umgebung machen, gemeinsame Hobbys entwickeln und schließlich ... Ein Motorengeräusch brachte mich wieder in die triste Wirklichkeit zurück. Ich ließ die glühende Zigarette sinken und folgte den Rückleuchten des dunklen Passats bis zum Ende der Sackgasse. Die Fahrertür öffnete sich. Eine spindeldürre Gestalt entstieg dem Kombi und hopste wie ein Hampelmann auf und ab. Kurz darauf erglomm eine Stirnlampe. Falscher Alarm. Nur ein Vollidiot, der sich um diese Zeit noch körperlich ertüchtigen wollte, anstatt sich wie jeder vernünftige Mensch einfach in die nächste Kneipe zu hocken und ... Scheiße, das war exakt das, was Kanonen-Robert im Augenblick tat. Das kommt davon, wenn man seinen Gedanken freien Lauf lässt. Ich schnickte mir eine neue Zigarette aus der Packung und öffnete vorsichtig die Fahrertür. Einen Moment die Beine vertreten und das Hirn mit Sauerstoff versorgen. Pinkeln war auch keine schlechte Idee. Der Gedanke an Kneipen schlägt mir prinzipiell auf die Blase.

Siebenundzwanzig

Manchmal sind Observationen gar nicht langweilig. Die Augen starr auf einen Punkt zu richten, sich nicht ablenken zu lassen oder plötzlich zu ermüden und mit der brennenden Kippe in der Hand binnen weniger Sekunden einzuschlafen, während hochprozentiger Alkohol aus dem Flachmann über die mit Kunstfell bezogenen Sitze des Volvos träufelt, ist die eine Sache. Dabei gleichzeitig noch auf fremde Personen zu achten, eine ganz andere. Niemand, der sich als Schatten an eine Person heftet, rechnet damit, selbst einen Schatten zu haben. Pinkelpausen inbegriffen. Große Ereignisse werfen ihre Schatten voraus, sagt man. Doch was nützt das, wenn sich dabei beide Hände an den eigenen Schwanz klammern. Noch bevor ich den Reißverschluss der Jeans wieder hochziehen konnte, riss es mich von den Beinen. Ein dumpfer Schlag gegen den Hinterkopf. Das war es dann.

Immerhin hatte ich fertiggepinkelt.

Der Keller war stockfinster. Dass es ein Keller war, merkte ich am Geruch. Keller riechen überall gleich. Modrig und feucht. Mal mehr, mal weniger nach Schimmel, aber eben immer nach Keller. Schwer zu beschreiben. Einfach zu riechen.

Meine Arme und Hände waren mit Klebeband gefesselt. Ebenso die Beine. Nur Mund und Nase hatte man generös freigelassen. Offensichtlich hatte Schreien also keinen Zweck. Das kam mir entgegen. Schreien war sowieso nicht mein Ding. Ich wälzte mich einmal quer über den Fußboden, bis ich gegen eine Wand stieß. Ein paar Minuten später hatte ich eine ungefähre Vorstellung des Kellerlochs. Drei auf zwei Meter. Alle Wände solide gemauert, keine Regale, eine Stahltür, ein surrender Stromzähler und drei Rohrleitungen. Zwei davon eiskalt, an der dritten konnte man sich die Handgelenke versengen. Der Mensch lernt durch Probieren. Ein Riffelgitter versorgte den Raum mit Sauerstoff. Die Möglichkeiten zur Flucht unterlagen klaren Grenzen, oder, um es realistischer auszudrücken: es gab keine. Mein Magen knurrte. Sehnsüchtig dachte ich an die in meinem Auto zurückgelassene Pizza.

Die Zeit verging schleppend. Ungeduldig suhlte ich mich auf dem staubigen Fußboden hin und her. Abwarten gehörte noch nie zu meinen Stärken. Abwarten ohne zu rauchen macht mich aggressiv. Aggressiv und gefesselt. Eine ausgesprochen dämliche Kombination.

Draußen tuckerten die Kolben eines altersschwachen Diesels. Zlatko Jovanovic lieferte das geklaute Gemälde ab. Und Kanonen-Robert saß in der Kneipe. Wenn man ihn einmal braucht. Die nächsten Minuten vergingen ereignislos. Die Situation war mehr als unbefriedigend. Es sei denn, man steht auf gefesselt und dunkel. Soll es ja auch geben.

Irgendwann öffnete sich dann die Tür. Nicht wirklich überraschend, denn irgendwann öffnet sich jede Tür. Wenn man lange genug sich selbst überlassen ist, fliegen einem die Weisheiten nur so zu.

Die Silhouetten von Eleonora Sacci und drei ihrer ominösen Schwestern zeichneten sich im gleißenden Licht des Kellergangs ab. Auch eine Art von Erleuchtung. Meine Augen begannen augenblicklich zu tränen. Alle vier trugen samtene Gewänder. Über ihren hochgeschlossenen Dekolletés baumelten silberne Kreuze. Allesamt kreuzdumm, schoss es mir durch den Kopf. Zwei Wortspiele in zwei Wörtern. Maximale

Ausbeute. Kanonen-Robert und Cherno Jobatey hätte ich damit sicherlich beeindrucken können.

„Sind Sie erwacht?“ Blöde Frage. Fehlte nur noch, dass sie mir eine Broschüre der Zeugen Jehovas vor die Nase hielt. Erwachet! Apropos Jehova. Wo war eigentlich der Hund? Im selben Moment begann es, aus den Tiefen des Ganges sonor zu knurren. Damit war diese Frage schon mal beantwortet. Ganz im Gegensatz zu der von Frau Sacci.

„Ja“, brummelte ich gereizt und verzichtete fürs Erste auf alle Flüche und Drohungen.

„Gut“, kam es vom Sawatzkidouble zurück. „Wir werden uns nachher mit Ihnen befassen ...“

„Hier ist gar nichts gut!“, belferte ich los. Wie schon gesagt: abwarten ohne zu rauchen gleich aggressiv. Vorsätze hin, Vorsätze her. Manchmal muss es einfach raus. Allen Konsequenzen zum Trotz.

Tritte, Schläge, Stöße, Hiebe, all das war mir vertraut, doch was nun folgte, brachte mich vollends aus der Fassung. Sie fingen an zu beten. Für mich. Was war das für ein Film? Weil ich mir die Ohren nicht zuhalten konnte, begann ich augenblicklich zu schreien. Laut und ausdauernd. Ganz wider meine Natur. Wutschnaubend robbte ich ihnen entgegen. Der Absatz eines bordeauxfarbenen Wildlederstiefels stoppte mich schließlich. Eleonara Sacci blitzte mich feindselig an.

„Hiob 38, Vers 11.“

„Hääh?“

„Bis hierhin und nicht weiter!“

Dann trat sie einen Schritt zurück und warf die Tür hinter sich zu. Die Dunkelheit hatte mich wieder.

Achtundzwanzig

Der Stromzähler knurrte mit meinem Magen um die Wette. Gebete. Scheiß Gebete. Eine Pizza und eine Zigarette kämpften auf meiner Prioritätenliste erbittert um Platz eins. Elendes Christenpack. Alles nur Geseier. Von wahrer Nächstenliebe so weit entfernt wie Neuseeland zu Fuß.

Die Geräuschkulisse im Haus nahm zu. Türen schlugen, Füße scharrten über die maroden Holzdielen, Möbel wurden verrückt. Gesprochen wurde so gut wie nichts, aber irgendwo musste sich eine ganze Gruppe versammelt haben. Ein fernes Dauermurmeln drang bis hinunter in den Keller. Im Hintergrund das gelegentliche Bellen des Hundes. Nur um mich kümmerte sich keine Sau. Am Tresen das Beste, was einem passieren kann. Gefesselt in einem Keller die komplette Katastrophe.

Irgendwann schlief ich ein.

Aus Langeweile.

Das Zeitgefühl hatte mich komplett verlassen, als ich die Augen wieder aufschlug. Die Schleimhäute in meinem Mund fühlten sich an wie die Masse, aus der Ikea seine Möbel herstellt. Im weitesten Sinne Bindemittel.

Ich hatte Durst.

Bestialischen Durst.

Ich dachte an Sandy.

Das *Bad Vibes.*

Würde ich je wieder an ihrem Tresen sitzen? Ein frisch gezapftes, goldgelb leuchtendes Pils erschien mir wie eine Fata Morgana im allumfassenden Schwarz des stockfinsteren Kellerlochs. An meinen Lippen sammelte sich Schaum. Verzweifelt leckte ich mir die Illusion von Feuchtigkeit aus den Mundwinkeln. Dann öffnete sich die Tür. Das hereinfallende Licht ließ das verheißungsvolle Trugbild des Bieres jäh zerplatzen.

Andrea Sawatzki!

Was für ein furchtbarer Alptraum.

„Duuurst“, krächzte ich und untermauerte diese Forderung mit einem trockenen Husten.

Sinnlos.

Frau Sacci und zwei ihrer Gehilfinnen starrten mich feindselig an. Ich wurde über den Fußboden gezerrt wie ein erlegtes Stück Wild. Im Erdgeschoss verfrachteten mich die beiden Handlangerinnen dann in einen Sessel. Zu meinem Missfallen blieb ich verschnürt wie eine Mumie. Eine mildtätige Seele stellte ein volles Glas Wasser vor mir ab. Wieder das Problem mit den Gliedmaßen, doch mehr als ein Röcheln kam mir nicht die Lippen. Frau Sacci löste sich aus dem Schatten einer massiven Schrankwand, schnappte sich das Glas und kippte mir den Inhalt direkt ins Gesicht. Gerade noch rechtzeitig bekam ich den Mund auf.

Zwei Zentiliter.

Höchstens.

Irgendwie schaffte ich es trotzdem, mich daran zu verschlukken. Eine Hand klopfte mir grob auf den Rücken. Dann wurde das Glas wieder gefüllt. Diesmal bekam ich es angereicht. Gierig sog ich ein, was ich kriegen konnte. Weil niemand etwas sagte, riss ich das Gespräch selbst an mich. „Und, zufrieden?“, krächzte ich mit einem Timbre, das stark an Gianna Nannini erinnerte. Frau Sacci beugte sich dicht an mich heran. Ein von Wahnsinn und Fragezeichen geprägter Blick brannte sich tief in meine Netzhaut. „Mit Ihrem Telefon“, fuhr ich fort. Das ...“ – mein Gott, diese Augen machten einen wirklich verrückt – „... das funktioniert doch jetzt einwandfrei.“

„Halten Sie die Klappe!“

Einen Versuch war’s wert.

Irgendjemand zog mir das Portemonnaie aus der Jeans und reichte es an Frau Sacci weiter. Sie griff sich die Scheine heraus und verstaute das Geld in einer Schatulle. Der Fünfziger war noch dabei. „Wie gewonnen, so zerronnen“, sagte ich. In puncto Bibelsprüchen stand es damit schon mal eins zu eins. Jetzt kam mein Ausweis an die Reihe.

„Kurt Bratfisch“, murmelte Eleonara Sacci in einem Ton, der sich nahtlos in ihren irren Gesichtsausdruck fügte. Gut, das war mir nicht neu. Mein Name löst selten Begeisterung aus. Aber ausgerechnet Frau Sacci. Wer im Glashaus sitzt ...

„Warum spionieren Sie uns nach?“

Als wenn sie das nicht wüsste. Ich schwieg, weil ich gut darin war, anderer Leute Erwartungen nicht zu erfüllen. Die Ohrfeige nahm ich billigend in Kauf. In Gedanken saß der Sawatzkiverschnitt bereits in einem Topf mit siedendem Öl.

Kopfkino.

Nicht wirklich hilfreich, aber für den Moment befriedigend. Die nächste Ohrfeige spürte ich schon kaum noch.

Siedendes Öl und Chili.

Abermals machte es Klatsch.

Siedendes Öl, Chili und eine Marinade aus Sambal Oelek.

„Antworten Sie!“, keifte sie mich an.

„Lösen Sie erst meine Fesseln“, gab ich kühl zurück. Bislang eine klare Pattsituation. Dann griff sie sich eine Kerze vom Fensterbrett und näherte sich bedrohlich meinem Kopf. Es stank bestialisch. Tropicana-Pineapple. Der Name meines Shampoos. Wie so vieles im Leben eine grandiose Lüge.

„AUFHÖREN“, kreischte ich und wedelte wild mit den Haaren herum, was die Lage nur noch verschlimmerte.

„Sind Sie jetzt bereit, meine Fragen zu beantworten?“

Ich nickte. Zur Belohnung legte sich ein feuchtes Handtuch über meinen Scheitel. Puh, was für ein Bukett. Mit Ananas hatte das herzlich wenig zu tun. Man muss wissen, wann man verloren hat.

„Herr Kleemann ...“, röchelte ich und rang verzweifelt nach Sauerstoff. Wenn ich hier je lebend wieder rauskam, musste ich unbedingt das Shampoo wechseln.

„Also, ich höre ...“

„Herr Kleemann hat mich beauftragt, nach dem Bild zu suchen. Ich bin Privatdetektiv ...“

Frau Saccis hysterisches Lachen unterbrach meine Erklärungsversuche. Ich glotzte sie an wie eine Statue von den Osterinseln. „Warum fragen Sie dann ...“, grunzte ich verärgert.

„Werden Sie nicht frech!“, pflaumte sie mich an und ließ erneut ihren Handabdruck auf meiner Wange zurück. „Wir wissen alles über Sie. Wer Sie sind, woher Sie kommen, was Sie machen und sogar, wohin Sie gehen.“

Jetzt war ich sprachlos. Offenbar wurde aber ein weiterer Redebeitrag von mir erwartet, denn abermals griff Frau Sacci entschlossen zur Kerze. In meiner Not versuchte ich es mit Freundlichkeit. Nennen Sie mich eitel, aber wie ich mit Glatze aussehe, weiß ich, seitdem ich im Frühjahr ’92 mein Haupthaar auf die Meisterschaft der Eintracht verwettet hatte, nur allzu gut.

„Wie kann ich Ihnen denn weiterhelfen?“, säuselte ich und zauberte dabei ein Lächeln in mein Gesicht, von dem sich selbst Florian Silbereisen noch eine Scheibe abschneiden konnte.

„Ich will wissen, warum Sie hier sind. Wir haben Sie doch gewarnt!“

Ach, darum ging es. Hier fühlte sich jemand nicht ernst genommen. „Das stimmt ...“, hob ich an. „Aber es ist nun mal mein Job, hartnäckig zu sein. Deshalb engagieren mich die Leute. Das dürfen Sie jetzt nicht persönlich nehmen. Ihre Warnung war wirklich ..." – ich legte eine bedächtige Pause ein und dachte angestrengt über die richtige Formulierung nach – „... sehr, sehr ... gut", sagte ich schließlich, weil mir wie immer in entscheidenden Momenten nichts Besseres einfiel.

Frau Saccis Augen blitzten mich bösartig an.

„Doch, doch ...", fügte ich eilig hinzu. „Diese Bibelzitate. Also, das war schon treffend formuliert. Überaus abschreckend, wirklich. Und auch der letzte Satz: Es wird dir bald sehr schlecht gehen. Das stimmt ja alles. Fragen Sie mich, wie es mir geht, und ich sage Ihnen: schlecht. Sehr schlecht sogar. Im Normalfall hätte ich die Sache auch sofort aufgegeben, aber ich habe gerade einen Langzeitarbeitslosen eingestellt. Sie verstehen meine Lage. Arbeitsplätze schaffen ist eine gesellschaftliche Verantwortung. Ohne Aufträge kann ich aber keine Gehälter zahlen. Mein Mitarbeiter ist übrigens über jeden meiner Schritte genauestens informiert. Es wäre also besser, wenn Sie mich jetzt losbinden, bevor er mit einem Großaufgebot der Polizei hier anrückt und mitten in ihre Bibelstunde platzt ..."

Frau Sacci brach diesen Vortrag mit einer weiteren Ohrfeige jäh ab. Dann öffnete sich die Tür, und Kanonen-Robert wurde in das Zimmer geschleift wie ein zusammengerollter Teppich.

„Ist das zufällig Ihr Mitarbeiter?"

Der Ex-Stuntman wand sich wie eine Made über die Holzdielen.

„Nein", sagte ich und schüttelte fassungslos den Kopf. „Den habe ich noch nie gesehen."

Neunundzwanzig

„So, so! Noch nie gesehen. Und was sollte die Scheiße mit meinem Gehalt? Als ob du mir je was zahlen würdest. Gesellschaftliche Verantwortung. Was für ein Stuss!"

Kanonen-Robert hatte offensichtlich längere Zeit zugehört. Jetzt lagen wir gemeinsam in dem finsteren Kellerloch. Zu meinem Leidwesen nutzte der Ex-Stuntman die Situation schamlos aus und spuckte Gift und Galle.

„Irgendwas musste ich doch sagen. Sonst hätten mir diese Irren noch alle Haare versengt."

„Haare, Haare. Es gibt Wichtigeres als deine Haare." Kein Wunder, dass er das sagte. Bei ihm hatte sich dieses Thema schon seit Jahren erledigt, aber ich vermied es, weiter in dieser Wunde zu bohren. „Was stinkt hier eigentlich so?", setzte er neugierig nach.

„Mein Shampoo", konterte ich. „Im Gegensatz zu dir brauche ich so etwas."

„Bähh! Widerlich. Wie hält Sandy das bloß aus?"

„Immerhin habe ich jemanden, der etwas aushalten muss!"

„Und ich nicht, oder was soll das heißen?"

Meine Antwort beschränkte sich auf einen mitleidigen Blick.

„Dich!", keifte er los. „Dich muss ich aushalten."

Das war nun wirklich der Gipfel der Unverschämtheit.

„Wer hat sich denn hier wem aufgedrängt? Alles war gut, bis du dieses Scheiß-Praktikum machen musstest. Vorher war mein Leben in Ordnung."

„In Ordnung, dass ich nicht lache." Damit hatte er recht,

denn seine Mimik wirkte in der Tat nicht so, als sei ihm zum Lachen zumute.

Draußen hämmerte jemand kraftvoll gegen die Tür. „Ruhe jetzt!“, keifte eine wütende Stimme. Wem auch immer sie gehörte, inhaltlich war ich ganz nah bei ihr.

Eine Weile war es tatsächlich ruhig. Nur der Stromzähler surrte monoton vor sich hin.

„Was glaubst du, was die mit uns machen werden?“, durchbrach der Ex-Stuntman die wohltuende Stille.

„Keine Ahnung. Aber wenn uns nicht bald etwas einfällt, landen wir wahrscheinlich als Opfergabe auf irgendeinem beschissenen Altar. Ist das Gemälde schon hier?“

„Hab ich nicht mitbekommen.“

„Wie auch“, maulte ich und rollte mich verächtlich zur Seite. „Du hast es ja nicht mal bis nach Sossenheim geschafft. Das kommt davon, wenn man sich mit Amateuren einlässt.“

„Gut, dass es bei dir so viel besser gelaufen ist. Haben eigentlich alle Profis so coole Frisuren?“

Das war zu viel. Wutschnaubend walzte ich auf ihn zu.

„Hey, solln das! Hör auf ...“ Der Rest erstickte unter der Last meines Körpers. Es war ein einseitiger Kampf. Ohne den Einsatz von Gliedmaßen aber auch reichlich sinnlos. Irgendwann ließ ich von ihm ab. Kanonen-Robert stöhnte wehleidig vor sich hin.

„Geht's dir jetzt besser?“, ächzte er.

„Ja“, log ich.

„Dann ist ja gut“, erwiderte er und schob mich mit den Händen von sich herunter.

„Dddu hast die Hände frei?“, stotterte ich fassungslos. „Ich denke, du bist gefesselt?“

„Müssen sich irgendwie gelöst haben.“

„Worauf wartest du? Mach mich frei!“

Der Ex-Stuntman zog sich schwerfällig an einem Heizungsrohr nach oben.

„Beeil dich, verdammt! Meine Finger sind schon ganz taub."

„Ich denke, wir sollten erst mal in aller Ruhe über deine gesellschaftliche Verantwortung reden. Was verdienen Amateure denn so im Monat?"

Den Tod, dachte ich, sagte aber etwas gänzlich anderes, in der vagen Hoffnung, dass ich irgendwann in diesem Fall noch eine Schusswaffe zu fassen kriegte.

Die Tür war verschlossen. Ich drückte mein Ohr gegen das kalte Metall und lauschte. Nichts. Absolute Stille.

„Und?", fragte Kanonen-Robert.

„Und was?", gab ich zurück. „Da draußen ist niemand. Diese Scheiß-Tür ist zu, das Riffelgitter fest verschraubt, also wird uns wohl oder übel nichts anderes übrigbleiben, als hier unten zu versauern."

„Hast du keinen Dietrich dabei?"

„Doch, natürlich. Wenn du willst, kannst du dir damit deine Ohren auspuhlen. Zu mehr taugt das Teil nicht."

„Gib mal her."

Widerwillig überreichte ich ihm das Werkzeug. Viel würde er damit ohnehin nicht anrichten können.

Zwei Minuten später war die Tür offen.

Dreißig

„Jetzt krieg dich halt wieder ein!"

„Amateur, ha!"

„Psst."

„Für einen Amateur gar nicht so schlecht!"

„Ist ja schon gut, aber sei um Gottes willen leise. Wenn die uns hören, ist hier der Teufel los."

„Du meinst: die Christen."

„Was?"

„Die Christen sind los. Der Teufel sind in diesem Fall wir."

„Von mir aus", sagte ich und lugte vorsichtig durch das Treppenhaus nach oben. „Da oben scheint alles ruhig zu sein. Wir haben also Zeit."

„Zeit?"

„Uns umzusehen. Irgendwo muss das Bild ja sein. Du bleibst am besten hier und hälst die Augen offen. Ich werfe mal einen Blick in die anderen Räume."

Kanonen-Robert zog seine Stirn in Falten.

„Und wenn die auch abgeschlossen sind?"

„Abgeschlossen? Wieso abgeschlossen?"

„Ich will es mal so sagen", hob der Ex-Stuntman an, „ich habe dich befreit, und ohne mich wären wir hier nie rausgekommen. Da erscheint es mir nur logisch, dass du hier bleibst und ich die weiteren Ermittlungen übernehme."

Ich wollte laut auflachen, doch mehr als ein heiseres Stöhnen kam mir nicht über die Lippen. Kanonen-Robert klopfte mir kameradschaftlich auf die Schulter und machte sich durch den dunklen Kellergang davon.

Die Sache mit dem Praktikum begann, mir vollends zu entgleiten.

Missmutig starrte ich ins Nichts.

„Ich glaube, hier hinten ist was", hallte die Stimme des Ex-Stuntmans kurz darauf aus einem der hinteren Räume.

Postwendend folgte ich ihr.

„Was machst du denn hier? Du solltest doch Schmiere stehen."

In Ermangelung einer Schusswaffe warf ich ihm nur einen bösen Blick zu. An der Wand des ebenso kargen wie trostlosen Raumes lehnte eine mit Stoff verhüllte Platte. Der Ex-Stuntman glotzte mich fragend an.

„Worauf wartest du? Auf, ziehen wir das Zeug runter."

Gemeinsam zerrten wir die Stoffbahn zu Boden.

„Ist es das?"

„Keine Ahnung. Könnte aber sein."

„Einfach nur schwarz."

„Ja", antwortete ich und betrachtete das Bild. „Da unten in der Ecke ist auch ein bisschen weiß."

„Und deswegen der ganze Aufstand. Ein schwarzes Bild mit einem Flecken Weiß."

„Das ist eben Kunst. Kunst kann man nicht verstehen, man kann sie nur hinnehmen. Die Größe stimmt jedenfalls. Die Frage ist nur, wie wir das Teil hier raus bekommen."

Kanonen-Robert zuckte hilflos mit den Schultern.

„Wie es aussieht, müssen wir geduldig sein", sagte ich. „Sind in deiner Jacke zufällig noch Kippen? Meine sind im Auto."

Der Ex-Stuntman durchforstete akribisch seine Taschen und legte seine Fundstücke auf einem leeren Regalbrett ab. Eine unaufgeräumte Damenhandtasche war nichts im Vergleich zu diesem Sammelsurium an unnötigem Krimskrams:

ein Flaschenöffner in Form einer Meerjungfrau, ein rostiger Nagelknipser, diverse Kronkorken, gebrauchte Taschentücher, neue Taschentücher, die aber gebraucht aussahen, zwei Feuerzeuge, von denen eines mit Sicherheit mir gehörte, eine Tube Brisk, ein Plastikdinosaurier, Hustenbonbons, ein steinhartes Twix, ein Handy ... Ich stöhnte entsetzt auf. EIN HANDY! „Du hast ein Handy dabei!"

„Natürlich, du etwa nicht?"

„Doch, aber meins liegt im Auto", antwortete ich und schüttelte fassungslos den Kopf. „Jetzt gib her, das Teil!"

„Wen willst du denn anrufen?", fragte er interessiert und starrte verzückt auf ein zerknautschtes Softpack Afri. „Meine Mutter", entgegnete ich beiläufig und wählte die 110.

Einunddreißig

Polizisten klingeln nicht. Sie klopfen. Nicht mit den Fingern, der flachen Hand oder einer Faust. Nein. Bei den magischen Worten „Gefahr in Verzug“ kommt quasi unmittelbar die Handramme ins Spiel. Ein stabiles Stahlrohr, knapp einen Meter lang, mit einem Durchmesser von gut zwanzig Zentimetern. Zwei Handgriffe sorgen für den nötigen Schwung. Der Dietrich, der wirklich überall passt. Das heftige „Pardautz“ war bis in den Keller zu hören.

Über uns tobte das Chaos. Wild kreischende Frauenstimmen. Stramme Befehle, gefolgt von lautem Trampeln. Es dauerte eine Ewigkeit, bis jemand auf die Idee kam, die Tür zum Keller zu öffnen. Alles, was fehlte, war eine Blendgranate. Kanonen-Robert lag flach auf dem Boden. Der Strahl einer Taschenlampe über dem Lauf einer MP beleuchtete die kahle Stelle auf seinem Schädel.

„Nicht schießen“, jammerte er und hielt sich die Hände schützend vor das Gesicht. Der Bulle schüttelte mitleidig den Kopf.

„Haben Sie auch anderes Feuer?“, fragte ich und ließ die verbogene Kippe über meine Lippen wandern wie Charles Bronson seinen abgelutschten Zahnstocher in „Spiel mir das Lied vom Tod“. Der Bulle war Nichtraucher. Keine dreißig Sekunden später saßen wir, die Handgelenke sorgsam hinter dem Rücken justiert, in einem rostigen Bulli des SEK.

Virgina Schneider sagte lange nichts. Die Situation sprach für sich: Behinderung polizeilicher Ermittlungen, Hausfriedensbruch, Widersetzung polizeilicher Anweisungen, Siegelbruch, Pipapo ... Alles in allem kam da einiges auf mich zu. Sie ratterte die Liste meiner Vergehen wie einen Einkaufszettel herunter. Und dann diese Frage: „Was haben Sie sich eigentlich dabei gedacht?"

Tja, wenn das so einfach wäre.

„Im Endeffekt nicht wirklich viel ...", hob ich an, und versuchte ihr vergeblich etwas zu erklären, dass ich selbst nicht verstand.

„Denken scheint nicht gerade Ihre Stärke zu sein", brachte sie es auf den Punkt. Nicht die einzige Frau, die in Bezug auf meine Person zu dieser Schlussfolgerung kam. Irgendetwas musste also dran sein.

„Ist Ihnen eigentlich klar, mit wem Sie sich da eingelassen haben?", ging es weiter.

„Nun ja ...", sagte ich, wurde aber sofort wieder unterbrochen.

„Eleonora Sacci und Konsorten. Auch bekannt unter dem Namen Hiobsschwestern. Das sind religiöse Fanatikerinnen. Terroristen! Mit denen befasst sich eine ganze Sonderkommission. Da hängt der Staatsschutz mit drin. Der Diebstahl des Hiob ist nur die Spitze des Eisbergs."

„Hauptsache, er ist wieder da", wiegelte ich ab und machte eine entsprechende Handbewegung.

„Die Hauptsache ist, dass Sie jetzt mal die Klappe halten!", kam es unwirsch zurück. „Verstanden?"

Ich nickte.

„Diese extremistischen Gruppen sprießen wie Pilze aus dem Boden. Das haben wir alles Al Qaida und Bin Laden zu verdanken. Jede Bewegung hat ihre Gegenbewegung. Hiobsschwestern ist eine erzkonservative katholische Splittergruppe. Der Schumacher war ihnen schon lange ein Dorn im Auge.

Ein abstraktes Gemälde in einem Dom. In deren Augen vergleichbar mit einer Mohammed-Karikatur. Und dann ausgerechnet der Hiob. Der Plan war, das Gemälde zu stehlen und für immer zu vernichten."

„Aber warum haben sie das nicht an Ort und Stelle getan?", fragte ich.

„Der Dom ist ein heiliger Ort. Niemals hätten sie diesen Ort entweiht."

„Und der alte Kleemann musste dran glauben, weil er für den Hiob verantwortlich war", stellte ich nüchtern fest.

Virgina Schneider stieß einen tiefen Seufzer aus. Es dauerte eine Weile, bis sie die Kraft fand weiterzusprechen. „Der Mord an Kleemann ist längst aufgeklärt. Das stand gestern in allen Tageszeitungen. Ich nehme mal an, Sie lesen keine Zeitung."

„Nein", sagte ich. „Sie hätten nicht zufällig noch ein Exemplar?"

Zweiunddreißig

Putzfrau tötet aus Wut über Unordnung den eigenen Arbeitgeber

Der Mord am früheren Leiter des Dom-Museums Heinrich K. steht offenbar vor einer überraschenden Aufklärung. Wie ein Polizeisprecher gestern mitteilte, steht die 58-jährige Reinigungskraft Ursel M. unter dringendem Tatverdacht. Sie hat sich gestern der Polizei gestellt und sich zu der Tat bekannt, die sie in einer Kurzschlusshandlung begangen habe. Auslöser der Tat seien Wut und Verzweiflung über die Unordnung und das allwöchentlich wiederkehrende Chaos in der Wohnung des pensionierten Kunsthistorikers Heinrich K. gewesen. Am vergangenen Dienstag sei ein Streit mit ihrem Arbeitgeber, bei dem es um gehortetes Altpapier ging, dermaßen eskaliert, dass sie keine andere Möglichkeit mehr gesehen habe, als den untätig im Bett liegenden Heinrich K. mit einem Kopfkissen zu ersticken, gab Ursel M. zu Protokoll. „Ich war wie von Sinnen", bekannte die erfahrene Reinemachekraft. Die plötzliche Eskalation des Wortgefechts sei vermutlich die Folge über die Jahre angestauter Aggressionen und nicht bewältigter Konflikte, erklärte eine Polizeipsychologin am Nachmittag. Heinrich K. habe beharrlich an seiner Marotte festgehalten, Papier jedweder Art aufzubewahren, und auf diese Weise die Arbeit seiner Raumpflegerin systematisch sabotiert. Ursel M. wurde noch am Abend wieder auf freien Fuß gesetzt.

„Scheiße", sagte ich und reichte den Artikel an Kanonen-Robert weiter.

Dieser begann laut vorzulesen.

„Ich verstehe die Frau“, bekannte Sandy, nachdem Kanonen-Robert geendet hatte.

Langsam machte Sandy mir Angst. Erst als ein frisches Pils vor mir stand, wagte ich es, vorsichtig nachzufragen. „Immerhin handelt es sich um Mord. Mord ...“, wiederholte ich, „... wegen Altpapier.“

„Mord im Affekt“, korrigierte Sandy, „dass er dabei stirbt, war bestimmt nicht beabsichtigt.“

„Und deswegen kannst du die Frau verstehen?“

„In diesem Fall war Ordnung mehr als das halbe Leben“, platzte Kanonen-Robert dazwischen.

Der Idiot auf dem Barhocker neben mir lachte darüber. Ich angelte mir eine Flasche Schnaps vom Tresen und setzte sie an.

„Hey, nimm wenigstens ein Glas!“, murrte Sandy.

Ich nahm einen Schluck Bier und füllte den Krug mit Malteser auf.

„Trink nicht so viel Schnaps“, setzte Sandy nach.

„Malteser ist kein Schnaps. Malteser ist ein Hilfsdienst“, konterte ich und widmete mich wieder ganz meinem Mischgetränk.

„Apropos Hilfsdienst“, sagte Sandy. „Heute Nachmittag waren diese Typen hier, die mich erpresst haben. Das war total merkwürdig. Erst haben sie sich entschuldigt und irgendwas von einem fatalen Missverständnis gelabert. Dann haben sie mir mein Geld wiedergegeben. Einschließlich Zinsen. Knapp dreihundert Euro. Bei fünfzig Euro Auslagen kein schlechter Zinssatz. Und ganz am Schluss hat mir einer der Glatzköpfe noch seine Hilfe angeboten. Falls ich mal Probleme hätte, oder was Schweres zu tragen.“

Kanonen-Robert grinste über die ganze Breite seines Gesichts.

„Wir haben uns drum gekümmert“, sagte ich.

„Wir?“, entfuhr es dem Ex-Stuntman.

„Schon gut, Robert hatte einen seiner seltenen Geistesblitze. Was sind das eigentlich für komische Geräusche?“

„Was für Geräusche?“, fragte Sandy.

„Aus der Küche“, präzisierte ich.

„Ach das. Ist bestimmt die Katze.“

„Was für eine Katze?“

„Ist mir gestern zugelaufen. Warte, ich hol sie raus.“

Kurze Zeit später kehrte sie mit einem grauen Fellknäuel im Arm aus der Küche zurück.

„Der vierzehnjährige Perser.“

„Im *Bad Vibes*.“

„Wieder ein Fall gelöst“, jubelte Kanonen-Robert und schnappte sich die Flasche Malteser. „Seitdem ich bei dir eingestiegen bin, kommt deine Detektei richtig ins Fluppen.“

„Dann kannst du sie ja gleich übernehmen. Ich für meinen Fall hab die Schnauze voll!“

„Ehrlich?“

„Kurt, was zur Hölle redest du da? Was willst du denn anderes machen?“

„Mir egal. Warentermingeschäfte, vietnamesische Zigaretten verkaufen, Forellen züchten. Was weiß denn ich. Und wenn mir gar nichts mehr einfällt, mach ich ein Praktikum bei Robert. Und das wird dann endgültig kein Spaß!“

Dank

Ich danke Simone Herbert, Christoph Jenisch, Thomas Schaefer, Hannes Körkel, Frank Demant, Peter Ripper und Zeugwart Körbel, die alle – mehr oder minder wissend – zur Entstehung dieses Buches beigetragen haben.

Nachbemerkung des Autors

Sämtliche Figuren dieses Romans sind frei erfunden. Frankfurt hingegen gibt es tatsächlich. Ebenso den *Hiob.* Das Bild hing bis zum Sommer 2007 im Frankfurter Dom.

SOCIETÄTS
VERLAG

Martin Beer

Der Blitzer

Ein Frankfurt Krimi

Wie wird man Aushilfsdetektiv? Es hilft, wenn man nicht besonders clever ist – das gilt jedenfalls für Kurt Bratfisch, bekennender Kneipensitzer und eingefleischter Frankfurter. Als er seinen neuen Job für die Detektei Müller annimmt, hofft er auf ein kleines Abenteuer und ein paar Euro. Dass er schließlich mitten in Frankfurt mit einer Pistole in der Hand zu sich kommt und als Mörder gesucht wird, ändert schlagartig seine Lebensperspektive. Nun heißt es erst einmal: Die eigene Unschuld beweisen.

160 Seiten, gebunden
ISBN 978-3-7973-1158-0
14,80 Euro

Frankfurter Societäts-
Medien GmbH
Societäts-Verlag
Frankenallee 71-81
60327 Frankfurt a.M.
www.societaets-verlag.de
E-Mail: societaets-verlag@
fs-medien.de
Telefon 069/7501-4297

ÜBERALL IM BUCHHANDEL

Röschen-Verlag

Macht, Gier und Mobbing ...

Die Anwältin Miriam Faust will ganz nach oben und spielt dabei ein übles Spiel, in dem Moral keine Rolle zu spielen scheint. Zunächst scheint alles nach Plan zu laufen, doch dann hängt ein Privatdetektiv halbnackt und tot an der Decke seines Schlafzimmers. Als Hauptkommissar Tom Bohlan und seine Kollegin Julia Will an den Tatort gerufen werden, ahnen sie noch nicht, in welche Verstrickungen sie dieses Verbrechen führen wird.
Macht, Gier, Mobbing und üble Machenschaften ziehen sich durch die Ermittlungen und rütteln an den Grundwerten der Kommissare.

Frankfurt Krimi · Taschenbuch · 182 Seiten · 9,80 Euro

Eitle Staatsanwälte, unfähige Richter und Kollegen, dazu die immer wiederkehrende Frage: **„Wie können Sie solch einen Verbrecher verteidigen?“**
Der Frankfurter Staranwalt Edgar Liebrucks beschreibt hier 20 seiner teils unglaublichen und spektakulären Fälle, bei denen er Mörder, Vergewaltiger und nicht zuletzt die „Jugo-Mafia“ zu seinen Mandanten zählt.

„Ein Muss für alle Krimifreunde, die einen ungewöhnlichen und auch beängstigenden Blick hinter die Kulissen der Justiz wagen möchten“.

ISBN: 978-3-940908-06-3
Kriminal Sachbuch · Taschenbuch · 425 Seiten · 12,95 Euro